異世界から聖女が来るようなので、邪魔者は消えようと思います

蓮水　涼

22238

角川ビーンズ文庫

Contents

ウィリアム・フォン・シャンゼル
シャンゼル王国王太子。常に笑顔で、甘いマスクに甘い声——だが、裏の顔がある？
フェリシア・エマーレンス
グランカルスト王国第二王女。前世で知った乙女ゲームの世界に転生。薬草毒草に興味があり、薬の調合が得意。
異世界から聖女が来るようなので、邪魔者は消えようと思います

Characters

人物紹介

アイゼン

フェリシアの兄。
グランカルスト王国の
国王に即位。

サラ

乙女ゲームのヒロイン。
黒髪・黒目の
異世界から来た聖女。

ダレン

医師。見た目は屈強な
男性だが、中身は乙女。

ライラ

フェリシア付きの侍女。

フレデリク

近衛騎士。

Isekai kara Seijo ga
kuruyou nanode,
jamamono ha kieyou to
omoimasu

本文イラスト／まち

プロローグ

大国グランカルスト。

大陸のおよそ四分の一の領土を持ち、先々代国王が野心溢《あふ》れる性格だったため、その御代《みよ》が終わるまで血なまぐさい国家として恐《おそ》れられていた国である。

それが先代国王に代替《だいが》わりすると、今までは〝外〟に向いていた軍事力が今度は〝内〟に向けられた。外ばかり見ていたせいで、内政がおざなりになっていたからだ。

賢王《けんおう》として名を馳《は》せた先代は、しかしすぐに己《おのれ》の息子《むすこ》に王位を譲《ゆず》ることになる。

そうして、今日。ついに新たなグランカルスト王が即位《そくい》した。

兄王子の――正しくは兄元王子の晴れ舞台《ぶたい》に、フェリシアはおよそ似つかわしくない青ざめた表情で目の前の人物を凝視《ぎょうし》する。

「うそ、でしょう……？」

ぽつりとこぼれた情けない声は、意外にも一人の部屋に大きく響《ひび》いた。大国の王女として生まれたにもかかわらず、フェリシアの周りには使用人すらいない。

でもそんなこと、今さら嘆《なげ》くようなことではない。それが、たとえ異母きょうだいたちからの嫌《いや》がらせだったとしても。

だから、そう。フェリシアが現に驚《おどろ》き、途方《とほう》に暮れそうになっているのは、全《すべ》て目の前にいる人物のせいだった。いや、目の前に在る、姿絵のせいだった。

それを見た瞬間《しゅんかん》、脳に走る衝撃《しょうげき》。まるで脳をジャックされたように勝手に映像が流れてくる。

柔《やわ》らかそうな黒の髪《かみ》。ヴァイオレットサファイアの高貴な瞳《ひとみ》。常に甘い微笑《ほほえ》みを浮《う》かべて、たくさんの人々を虜《とりこ》にする一人の男――ウィリアム・フォン・シャンゼル。

小国シャンゼルの王太子。

そして、その横に並ぶ、かわいらしい女の子は――。

「ああ……そんな、うそよ……っ」

フェリシアは理解した。思い出した。いわゆる、前世の記憶《きおく》というものを。

ここが前世で知った乙女《おとめ》ゲームの世界で、自分が転生者だということを、フェリシアは思い出してしまった。記憶の中の〝フェリシア〟は、王太子ルートにおいてヒロインをいじめ、最終的に殺される。つまり。

「私は、悪役!?」

空は快晴。外は賑《にぎ》やか。

誰《だれ》もが新国王を祝う最中《さなか》。

ただ一人、フェリシアだけがこれからやってくるであろう未来に絶望していた。

第一章 ✤✤✤ 悪役なんて聞いてません

そもそもの発端《ほったん》は、フェリシアが他《ほか》のきょうだいたちとただ一人母親が違《ちが》うことだった。四人いるきょうだいの中で、彼女だけは側室が産んだ子どもだったのだ。その側室も、病ですでに亡《な》くなっている。

異母きょうだいたちの数々の嫌がらせがそのせいだと知った彼女は、だから途中《とちゅう》から反抗《はんこう》をやめた。母親の身分などどうしようもない。

それまではやられたらやり返すくらいの気の強さを持っていた彼女も、成長すればそれがいかに無意味だったのかを悟《さと》った。

ようは、面倒《めんどう》になったともいう。いつまでたっても飽《あ》きずに嫌がらせをしてくる、幼稚《ようち》なきょうだいたちが。

それからは、彼女は王族でありながら、城の小さな小さな荒《あ》れ果てた離宮《りきゅう》で暮らすことを強《し》いられた。侍女《じじょ》なしメイドなし、その他使用人なしというオプション付きで。

「ふふふ。今日も元気よく育ってるわね。えらいわ、私の愛《いと》しい子たち」

しかし、それを嘆くでもなく、むしろ楽しめるだけの図太い神経を持つのが、このフェリシアという王女である。

どう見ても手入れの行き届いていない、廃《すた》れた離宮。幽霊《ゆうれい》の噂《うわさ》が出るほど、気味の悪い魔宮《まきゅう》。初めてここを目にしたとき、けれどフェリシアは歓喜《かんき》した。目の前に広がる、雑草もどきたちに。もちろん、自分が歓喜していると知られればすぐにまた移動させられるので、その喜びはおくびにも出さなかったが。

そうしてフェリシアの、忘れ去られた王女生活が始まったのである。当時、彼女はまだ十二歳だった。

「ヨモモちゃんとダミーは相性《あいしょう》もいいし、今回は一緒《いっしょ》に売りましょう。エルディは花粉症《かふんしょう》が流行する今の時季、たくさん買ってもらえるわよ。アローは今後の生長に期待するとして……トリッキーは、薬用と毒用《おどし》、どっちに使おうかしら。ふふ」

愛しい我が子を見る眼差《まなざ》しで、十八歳になったフェリシアは庭で育てている薬草たちに語りかける。ちなみに、安直な愛称《あいしょう》をつけられた植物たちは、順にヨモギ、ドクダミ、エルダーフラワー、アロエとトリカブトである。愛情ゆえの奇行《きこう》だった。

と、こんな感じに、彼女の庭にはたくさんの植物がある。なかにはフェリシアが植えたものもあるけれど、もともとここに生《は》えていたものも多い。初めてそれを見たフェリシアは、本気でここを宝物庫《ほうもつこ》だと思ったものだ。

幼い頃《ころ》、悪い冗談《じょうだん》を優に越《こ》え、異母姉《あね》に毒を盛られたフェリシア。なんとか死にはしなかったものの、かなりの苦痛を味わった。そのときから、彼女は姉に対抗《たいこう》するため、毒の知識を身につけることにしたのだが。

まさかそれが植物に愛称をつけるほどの奇人《きじん》を生むとは、彼女本人も予想外だ。おかげでこの魔宮にやってくる物好きは、さらに減った。

しかも副産物として、彼女は自由を手に入れた。育てた薬草やハーブを市井《しせい》で売りながら、貯金までできるようになったのだ。いつか自分の稼《かせ》いだお金で、珍《めずら》しい薬草を買って育ててみたい。淡《あわ》い夢である。

しかし、この気ままな日々が続くと思っているフェリシアも、ある一つの懸念《けねん》はいつもあった――結婚《けっこん》だ。

そろそろあの意地悪な兄王子――アイゼンが、とんでもない縁談《えんだん》を持ってくる頃だろう。好色家の爺《じじい》か、愛妾《あいしょう》だらけの節操なしか。ああ、嗜虐趣味《サディスト》もありえる。

(国王陛下は隠居《いんきょ》なさるとの噂だし、アイゼンお兄様が即位されたら、いの一番に持ってきそうね)

商品となる薬草たちを摘《つ》みながら、はぁと重たい息を吐《は》き出した。

もうフェリシアだって十八歳だ。むしろ今の今まで縁談の一つもなかったほうが不思議なくらいである。といっても、それが自分のせいだとはむろん彼女もわかっていた。

自国で相手は見つけられない。近隣《きんりん》諸国でも難しいだろう。だってそうなるよう、フェリシア自身が自分の噂を流したのだから。

たまに監視《かんし》に来る兄の護衛。薬草を売りに出た先の商人たち。時には土をいじる姿を見せ、時には第二王女《じぶん》の趣味をそれとなくバラす。あと、王女の容姿が醜《みにく》いことも、包《つつ》み隠《かく》さず暴露《ばくろ》した。自分がいかに酷《ひど》い顔立ちなのかは、姉や妹が教えてくれていたから。たまに見知らぬ騎士《きし》も教えてくれる。だから、これは間違《まちが》いないのだろう。

そして、誰も変装した王女には気づかないから、自称《じしょう》王宮の下働きが話すことを面白《おもしろ》おかしく吹聴《ふいちょう》してくれる。

全ては、この離宮に残るため。それが叶《かな》わないなら、いっそ遠い国に追いやってもらうため。

百か、ゼロか。

「——第二王女殿下《でんか》」

そのとき、滅多《めった》に人の訪《おとず》れがないこの魔宮に、珍しく客人が現れた。

(彼は……アイゼンお兄様の騎士だったかしら)

思い出そうとして彼を凝視《ぎょうし》していれば、なぜか向こうがふいと視線をそらす。男性陣《じん》によくされる行動だ。だからフェリシアは、自分はそんなにも見るに堪《た》えない醜女《しこめ》なのかと、そのたびに思い知らされた。

ふう、と息をつく。薬草摘みをいったんやめると、仕方なしに立ち上がる。

「わたくしに、何か御用《ごよう》ですの？」

ついに来たか、という思いは微笑《ほほえ》みの下に隠した。

自分を嫌《きら》う兄王子がわざわざ己《おのれ》の騎士を遣《つか》わすときは、だいたい二通りの理由がある。一つは監視。もう一つは伝言だ。

週に一回ある監視のときは、騎士もフェリシアに声をかけない。とくれば、今回はもう一つの理由だろう。それがどんな伝言なのか、察せないほど馬鹿《ばか》じゃない。

「アイゼン殿下がお呼びです。格好は気にしなくていいとのことですので、すぐに参上なさいますようお願いいたします」

「そう。わかったわ。でもせめてこの子たちを置きに行かせてくださる？　でないと、手が滑《すべ》ってあなたの口にトリッキーを放《ほう》り込んでしまいそうだわ」

フェリシアはにっこりとトリッキーことトリカブトを差し出した。美しく儚《はかな》げな紫《むらさき》の花だ。

国どころか世界でも有名なこの有毒植物は、作り方さえ間違《まちが》えなければ薬にもなる。

が、それを知らない兄の騎士は、

「わ、わかりました。それくらいの時間は取れますので、早く置いてきてください」

少しだけ顔を青くして、一歩後ろに下がった。

「ありがとう。優《やさ》しいのね」

その様子にご満悦《まんえつ》になる彼女は、紛《まぎ》れもなく、自分をいじめるきょうだいたちと半分は同じ血が流れている。

　フェリシアが案内されたのは、アイゼンの執務《しつむ》室だった。

　書類と睨《にら》めっこしているアイゼンは、視線をそこから上げることなく言い放つ。

「余の即位《そくい》が決まった」

「まあ。それはおめでとうございます」

「ついでにそなたの縁談も決まった」

「急ですのね。どなたとです？」

　やはり、と内心で呟《つぶや》いたフェリシアは、少しも動揺《どうよう》することなく返事をする。

　それが面白くなかったのか、ふと、アイゼンが視線を上げた。その眉根《まゆね》は不機嫌《ふきげん》そうに寄っている。

「なんだ、驚《おどろ》かんのか？　つまらんな。祝いの言葉もまるで心がこもっておらんし……まあい い。ちなみに訊《き》くが、そなたは誰《だれ》だと思う？」

「わたくしより優秀《ゆうしゅう》なお兄様がお選びになった方ですもの。想像もつきませんわ」

「ふん。思ってもおらんくせに。では、どんな男がよかった？」

　途端《とたん》、アイゼンが何かを企《たくら》むように口角《こうかく》を上げた。

　フェリシアとしては早く離宮《りきゅう》に戻《もど》って薬草摘みの続きをしたかったので、アイゼンがきっと欲しがっているだろう答えをさっさと出してやる。

「そうですわね。わたくしを一途《いちず》に想《おも》ってくれる方ですと素敵《すてき》ですわね」

そんな相手に嫁《とつ》がされることなんて絶対にないとわかっていながら、フェリシアはあえてそう言った。これならアイゼンが満足すること間違いなしだ。

　案の定、嫌《いや》がらせのためにそうでない相手を用意しただろうアイゼンは、楽しげに瞳《ひとみ》を細める。

「そうかそうか。では、当日を楽しみにしておくといい。一途にまっすぐと、情熱的に愛されるといいな？　シャンゼルの王太子に」

「……シャンゼル？」

「なんだ、小さすぎて知らないか？」

　馬鹿にされるが、今さらこんな細《こま》かい挑発《ちょうはつ》に乗るようなフェリシアではない。淡々《たんたん》とアイゼンを見返した。

　頭の中で、兄に告げられた国を思い出す。

　この世界に生きている者ならば、知らない者などいない国。グランカルストからは遠い、最果ての国である。もしくは始まりの国だったか。世界に伝わる神話において、神が最初に造った国とされている。フェリシアもそれくらいのことは知っていた。

　だから彼女が訊き返したのは、兄の言う「小さすぎて」が理由ではない。

　たとえ自国よりも格下の、小さな国だとしても。

シャンゼルは、ただの小国ではない。

「では兄からかわいい妹に、最後の優しさとして教えてやろう」

一度もそんな優しさなど見せられたことはないけれど、フェリシアは黙《だま》って兄の言葉の続きを待つことにした。

「シャンゼルは大陸の最東端《さいとうたん》にあり、最果ての国であり、始まりの国でもある。お伽噺《とぎばなし》の妖精《ようせい》が存在し、魔物《まもの》が存在し、瘴気《しょうき》とやらが存在する」

「まあ、怖《こわ》いですわね」

もちろんそれも知っていたが、適当に相槌《あいづち》を打った。

気をよくしたアイゼンがさらに饒舌《じょうぜつ》になる。

「ここ最近は魔物とやらの被害《ひがい》が多く、民《たみ》は不安な日々を送っているらしい。そなたも、気をつけないといけないな？」

「まあ……」

なるほど、とフェリシアは納得《なっとく》した。

（だから私をシャンゼルに嫁がせることにしたのね）

好色家の爺ではなく、愛妾だらけの節操なしでもなく、ましてや、サディストでもなく。そもそも、生きていけるか危《あや》ういところ。

（さすがお兄様。最後の最後に、なかなか面倒《めんどう》な嫌がらせを仕掛《しか》けてきたわね）

むしろよくそんな相手を見繕《みつくろ》ってきたものだ。ある意味感心する。

（でも、期《き》せずして第二希望が叶いそうだわ）

離宮に居続けられないなら、彼女は密《ひそ》かに遠国《えんごく》を希望していた。遠ければ、きょうだいたちから離《はな》れられる。

「わかりましたわ。お相手は、シャンゼルの王太子殿下ですね？」

「ああ。ウィリアム・フォン・シャンゼル殿《どの》だ。……やけに聞き分けがよいな？」

「あら。拒否《きょひ》すれば白紙に戻してくださいますの？」

「まさか」

「でしょう？」

それくらいお見通しだ。何年兄と闘《たたか》い続けてきたと思っている。敵を倒《たお》すならまず敵を知れ。でなければ、相手に有効な仕返しもわからない。そのためフェリシアはアイゼンを、アイゼンはフェリシアを、よく知っている。

「お話はこれで終わりですか？　でしたらわたくし、もう戻らせていただきますわ」

返事を待たずに執務室を出る。バタンと扉《とびら》を閉めると、肺の中の空気を一気に吐《は》き出した。

「ウィリアム殿下……か」

街で少しだけ聞いたことがあるのは、大変優秀で、人望の厚い王太子だということ。遠いグランカルストにまで届く噂《うわさ》なのだから、信憑性《しんぴょうせい》は高いだろう。

そんな、まだ見ぬ婚約《こんやく》者に思いを馳《は》せてみる。

好色家でも、節操なしでも、ましてやサディストでもないならば。

（私も、愛し愛される家庭を作れるかしら……？）

本当はそれが夢だったなんて、恥《は》ずかしくて誰にも言えない。どうせまともな縁談《えんだん》なんてもらえないだろうと思っていたから、なかば諦《あきら》めていた夢。

それが、もしかしたら叶《かな》うかもしれない。

（ああ、少しだけ楽しみになってきたわ）

なんて、フェリシアが夢を見ていられたのは、このたった十数時間だけだった。


というのも、翌日。

なんと昨日聞いたばかりの即位式《そくいしき》とフェリシアの出発が、今日だというのだ。

あまりに急すぎて文句も言えなかったが、自分にだけ情報を止めていたのだろう。なんて地味な嫌がらせだ。最後まで油断ならない敵である。

そうして、みんなが即位式に参加するなか、フェリシアだけは自室で荷物をまとめていた。

彼女はそこで、初めて婚約者との対面を果たす。婚約者ウィリアム——の、姿絵と。

見た瞬間《しゅんかん》、脳に強い衝撃《しょうげき》が走った。

「どういうことよ、これ……！」

姿絵のウィリアムは、それはそれは美しい青年だ。柔《やわ》らかそうな黒髪《くろかみ》に、ヴァイオレットサファイアの瞳。浮《う》かべられた甘い微笑《ほほえ》みは、誰もが恋《こい》に落ちてしまう媚薬《びやく》のよう。

実際、恋に落ちてしまった。ゲームの中のフェリシアは。

「待って。落ち着いて。ここどこよ。ゲーム、そう、ゲーム。ゲームってなに」

はたから見れば乱心を疑われる。それくらい、フェリシアは取り乱していた。他《ほか》に誰もいないのをいいことに、彼女は部屋の中をうろうろと歩き回り、時に頭を抱《かか》え、時に頭を叩《たた》いた。

が、いっこうに現状は変わらない。

目の前にはウィリアムの姿絵があり、記憶《きおく》の中にはそのウィリアムと幸せそうに微笑む女性《ヒロイン》がいる。

「ヒロイン……ゲーム……おとめゲーム……」

ちょっと前のフェリシアでは知らなかった単語が、次々と口から出てくる。

なんの悪夢だと思った。むしろ悪夢であれと願う。

だって、もしこれが現実なら、フェリシアは――。

「乙女《おとめ》、ゲーム。～～って、私、死んじゃうじゃないの!!」

乙女ゲーム『最果ての聖女～私は異世界で恋をする～』

世界の最果ての国で、異世界から召喚《しょうかん》された聖女が、攻略《こうりゃく》対象者たちと瘴気を浄化《じょうか》しながら恋を育《はぐく》む恋愛《れんあい》ゲーム。

そこにフェリシアは、悪役として登場する。ベストエンドで暗殺《あんさつ》、ノーマルエンドで毒殺《どくさつ》、バッドエンドで刺殺《しさつ》である。おかしい。結局殺されている。

（そりゃそうよねだってウィリアムって実は鬼畜《きちく》だものね！）

彼がそのゲームのメインヒーローであるとは、前世でこのゲームを散々薦《すす》めてきた妹の言だ。

そう、つまり前世のフェリシアは、プレイまではしていない。それでも、妹のおかげである程度の知識はある。

（おち、落ち着くのよ、私。大丈夫《だいじょうぶ》、深呼吸して）

言い聞かせながら息を吸う。ゆっくりと吐いた。

（これはあれよね。ようは、転生しちゃったってやつよね）

フェリシアと、前世の彼女が混ざり合う。本人ですら変な感覚だ。今までの自分を忘れたわけじゃないのに、今までの自分じゃない自分を知っている。でも、不思議とそれがしっくりきた。昔からあった小さな違和《いわ》感《かん》が、やっと全《すべ》て消えたような。

だからか、完全に目が覚めた。そう、覚めたのだ。

（この人に恋とか、しちゃダメだわ）

ゲームの中のフェリシアは、言ってしまえば一目《ひとめ》惚《ぼ》れ。

そして、昨日フェリシアが思ったように、ゲームの中の彼女は期待した。家族は誰《だれ》も愛してくれなかったけれど、婚約者のこの人なら——と。

期待して、裏切られて、嫉妬《しっと》して、ヒロインをいじめて。そうやって、婚約破棄《こんやくはき》を言い渡《わた》される。

フェリシア・エマーレンス王女の末路は、必ず王太子に殺されるというもの。仮にも大国の王女であるフェリシアと、正式に婚約破棄などできなかったからである。

今のフェリシアは思う。

（そんなところにリアリティなんていらないわよ！）

そこはゲームらしく、婚約破棄だけで終わっていてほしかった。

（とにかく、今さら白紙にできないなら、ようはヒロインをいじめなければいいのよね。あと、殿下《でんか》に円満な婚約破棄をしてもらえば完璧《かんぺき》だわ）

まさか自分の縁談にこんな落とし穴があったなんて。知るはずのないアイゼンを恨《うら》みたい。

「ヒロインが異世界から来るのは、ちょうど私が入国する日と同じだったかしら」

そして、その夜に開かれる舞踏会《イベント》で、ヒロインが誰を攻略するかがわかるはずだ。できれば悪役にも優《やさ》しいルートを選んでほしい。

（でも、もしヒロインが殿下を選んだ場合、いじめないのと破棄は絶対でしょ。あと、破棄したあとどうするかも問題よね）

自国になんて戻《もど》れない。というか戻りたくない。いっそその地で平民として生きようか。

（それだわ！）

幸いなことに、今のフェリシアには平民としての記憶がある。そもそも身分制度のなかった日本という国で生きていたし、何よりも、今だって一人で生活しているようなものなのだ。難しくないように思えた。

（お金は貯金があるし、薬屋としてお店を開けば、経済的にも困らない！）

これならみんながハッピー。万々歳《ばんばんざい》。

「それにこれなら、お兄様に最後の仕返しもできるわね。ふふ」

せいぜい嫌《きら》いな妹の幸せを、遠い国《グランカルスト》から見守るといい。不幸になれと願った妹が幸せになったと知ったら、兄はさぞ悔《くや》しがることだろう。その未来を想像しただけで、フェリシアは笑いを止められない。

やることは、決まった。

「まず、平民になる準備をする」

自分の指を一つ折った。

「次に、聖女をいじめない」

二つ目の指を折る。

「でもって、平民になる準備が整ったら、殿下に婚約破棄を申し出る」

三つ目の指を折りたたんで、フェリシアはウィリアムの姿絵を見据《みす》えた。

「だから私は、あなたにだけは惚れないわ、殿下」

人差し指を突《つ》き出す。これはいわば、宣戦布告《せんせんふこく》だ。惚れない。惚れれば自分が惨《みじ》めになるとわかっていて、どうしてその相手を好きになれよう。

邪魔《じゃま》者《もの》はさっさと消えるに限る。

「そして、絶対幸せになってみせるわ」

さっそくフェリシアは、とある人物と連絡《れんらく》を取ろうと考えた。他国で薬屋を営《いとな》む上で、とても頼《たよ》りになる人だ。

窓を開ける。空に向かって口笛を吹《ふ》く。応《こた》えるようにばさりと降りてきたのは、一羽《わ》の鷹《たか》だ。

「ゼン。あなたにお願いがあるの。かなり遠いけれど、ゆっくりでいいから飛んでくれる？」

――任せておけ。

そう言うように、雄壮《ゆうそう》な鷹が片翼《かたよく》を広げた。

第二章　ヒロインは王太子ルートを選んだようです

およそ数週間の行程を終え、やっと目前にまで来たシャンゼル王国は、ひと言で表すなら「やばい」だった。

ちなみに「やばい」という言葉は、フェリシアでは知り得なかった言葉である。前世の自分が使っていたから使えるようになった言葉であり、王女としては相応《ふさわ》しくない言葉だろう。

それでも思わず呟《つぶや》いてしまったほど、そのひと言は端的《たんてき》に彼女の心情を表していた。

シャンゼルの空に広がる真っ黒なモヤ。雲ではない。天気の良い今日は、白い雲が空に溶《と》けるように馴染《なじ》んでいる。それとは全く別の存在だ。

さすが、異端《いたん》とも言われる国である。

(違《ちが》うと思いたいけど、まさかあれが瘴気《しょうき》だったりするのかしら)

確信できないのは、フェリシア自身が乙女ゲームをやっていないからだ。

(なんだかこれ、黒い檻《おり》の中に自ら入っていくようで……ちょっと嫌《いや》ね)

そう思っても馬車は進む。

王女が乗っているとはとても思えないほど質素な馬車は、同行人もまた寂《さび》しいものだった。

王女本人と、騎士《きし》が二人。あとは御者《ぎょしゃ》が一人の計四人。騎士のうちの一人が女性だったからまだよかったものの、メイドすらつけないとはさすがお兄様嫌がらせに余念がありませんねと言いたい。めちゃくちゃ地味な嫌がらせだけど。

やがて、馬車は検閲《けんえつ》を終え、国境を越《こ》えた。

それが起きたのは、フェリシアがちょうど、窓から緑豊かな風景を楽しんでいるときだった。

天から光の柱がずどんと落ちる。

(!?　あれはまさか)

ドクン、と心臓が嫌な音を立てた。

前世の記憶《きおく》に間違《まちが》いがなければ、あの光の柱こそ、異世界から聖女が召喚された証《あかし》。

(ここは、本当にあのゲームと同じ世界なんだわ)

自然とそう思ったのは、どこか半信半疑なところがまだ拭《ぬぐ》えていなかったからだ。

でも、こうして聖女が来るところを目《ま》の当たりにしてしまったら。

「……いよいよ本気で頑張《がんば》らないと」

ぽそりと呟く。対面に座っている騎士が片眉《かたまゆ》を上げた。まるで「何か言ったか？」という顔だ。彼女は光の柱を見なかったのだろう。馬車の小窓にはカーテンがついていて、フェリシアだけがそれをめくって外を眺《なが》めていたから。

なんでもないわ。そう伝えるように微笑《ほほえ》んで、また視線を外に向ける。

光の柱が消えた空に、一羽の鷹を見つけた。

（あれは……ゼン！）

少し前に、先にシャンゼルへと旅立ってもらった友人が、上空を旋回《せんかい》しながら飛んでいる。

その足にくくりつけた手紙はすでにない。どうやら無事に目的の人物と接触《せっしょく》できたらしい。

頼《たの》もしい友人にはあとでたっぷりとお礼をするとして、フェリシアは満足気にカーテンを閉めた。

ゲームは着実に進んでいる。でもフェリシアのほうも、着々と準備を整えている。

もうすぐ王都に着くだろう。フェリシアは、準備の一環《いっかん》として持ってきたヴェールを、ふわりと自分の頭にかぶせた。

王都に着き、王宮に着き、フェリシアは騎士の手を借りながら馬車を降りた。

他国の王女の到着《とうちゃく》に、たくさんの人々が出《で》迎《むか》えに——来るはずもなく。

王宮の大広間《ホール》には、数人の出迎え者だけがいた。予想の範疇《はんちゅう》だ。だって今日は、この国の人々にとって待ち望んだ聖女が来たのだから。重鎮《じゅうちん》はもとより、王族だってそちらの対応にてんやわんやだろうと考えていた。

シャンゼル側からすれば、政略目的の相手と待ち望んだ聖女など、比べるべくもなく後者のほうが大事である。

だからフェリシアは、むしろこの場にウィリアムがいることに驚《おどろ》きを禁じ得なかった。

「遠路はるばる我が国へようこそ、グランカルストの姫君《ひめぎみ》。私はこの国の王太子ウィリアム・フォン・シャンゼルです。半年後の結婚《けっこん》式までは婚約《こんやく》者ですが、あなたの夫としてこれからよろしくお願いします」

前世で何度も聞かされた、春のひだまりのような声。妹には、興味ないからと散々プレイすることを拒《こば》んできたが、その美貌《びぼう》と声は好きだった。

それが今、目の前にある。

（って、見惚《みと》れてる場合じゃないわ！）

惚れないと決めたくせに、なんとも簡単な女である。

フェリシアは王女らしく、優雅《ゆうが》な一礼でもって応えた。

「初めまして、王太子殿下《でんか》。わたくしはフェリシア・エマーレンスと申します。こちらこそ殿下とは円満な関係を築きたいと思っておりますので、よろしくお願いいたしますわ」

だから殺さないでね、とは内心にとどめておく。

ここから、フェリシアの孤独《こどく》な闘《たたか》いが始まった。

「ではさっそくですが、円満な関係を築くため、殿下にお願いがございますの」

「なんでしょう？」

「いつまでもヴェールを取らないわたくしを、きっと無礼と思われていることと存じます」

少なくとも、ウィリアムとともに出迎えに来ている者たちは、わずかな不快感を滲《にじ》ませている。自国の王太子が軽《かろ》んじられていると思っているのだろう。

「ですが、これは我が国の慣習ですの。未婚《みこん》の女性王族は結婚式までヴェールをかぶり、夫となる方に貞淑《ていしゅく》さを示すのですわ。本来なら貴国の慣習に従うべきなのでしょうが……どうかこれだけは、寛大《かんだい》なお心を頂戴《ちょうだい》できますと幸いです」

そもそもの話、まずはこれが許されないと計画は何も始められない。この国で憂《うれ》いなく平民になるためには、顔を覚えられてはまずいからだ。

しかし、フェリシアのわずかな緊張《きんちょう》を、ウィリアムは呆気《あっけ》なく解消してくれた。

「ああ、そんなことですか。それくらいなら構いませんよ。どうぞ、あなたの好きなように」

「本当ですか。ご配慮《はいりょ》いただき感謝しますわ」

思わずほっと息をつくと。

「――それにそのほうが、あなたの魅力《みりょく》を他《ほか》の男に知られることもありませんからね」

まるで呼吸をするように甘い言葉をかけられて、フェリシアの笑《え》みがガラッと崩《くず》れた。

（そういえば、妹が言ってたわね）

ウィリアムという男は、幼少期の体験から常に笑顔を崩さないキャラだ。攻略《こうりゃく》していないときにも甘い言葉を囁《ささや》いてくるから、最初はなんだこの女たらし、と思ったらしい。

でもプレイしていく中で、妹は気づいたのだとか。これは、彼にとっての処世術なのだと。

（敵は強敵ってわけね）

そんなことを考えていると、ふと顔に影《かげ》がかかる。フェリシアがその正体を見破るより先に、さっきよりもずっと近くで彼の囁く声がした。

「これでやっと、約束を果たせますね」

「え？」

思わず顔を上げる。ヴェール越《ご》しに目が合った。でも、変わらない笑みを浮《う》かべる彼からは、何かを読み取ることはできない。

だから、フェリシアは何も答えられなかった。だって彼とは初めて会うはずなのだ。初対面の人間と、どうして約束の話になるのだろう。

当惑《とうわく》するフェリシアに気づいたのか、ウィリアムは笑顔のまま不思議そうに首を傾《かし》げる。気まずくて、そっと視線を外したら。

「……もしかして」

彼がそのまま黙《だま》り込む。しかしすぐに、沈黙《ちんもく》は終わった。

「このあとは女官《にょかん》長に部屋までの案内を頼んでいます。陛下への謁見《えっけん》はありませんので、どうぞゆっくりしていってください。それでは、また後《のち》ほど」

そうして急に去っていく背中を、フェリシアは呆然《ぼうぜん》と見送ることしかできなかった。

(なんだったのかしら、さっきの)

フェリシアは女官長に案内されながら、先ほどのウィリアムについて考えていた。

(約束なんて誰《だれ》かとした覚えはないし、そうでなくても、ウィリアム殿下とは初対面よね？)

誰かと間《ま》違《ちが》えたのだろうか。——ヴェールで顔が隠《かく》れているフェリシアを？

訳がわからない。

(……まあいいわ。今はそれよりも、思ってたより聖女の価値が高いことに頭を抱《かか》えたいわ)

少ない出迎え。省略された王との謁見。いかにこの国が、王太子の婚約者よりも聖女を優先しているのかがわかる。

なるほど、と思った。

(悪役って、こんな感じなのね)

孤独には慣れているつもりだったが、疎《そ》外《がい》感が半端《はんぱ》ない。自国から一緒《いっしょ》に来た騎士《きし》たちも、すでに帰国の途《と》についている。

やがてフェリシアは、一つの部屋に案内されていた。

「どうぞ、こちらが王女殿下のお部屋です」

女官長に促《うなが》されて、部屋の中に足を踏《ふ》み入れる。

その瞬間《しゅんかん》、フェリシアは雷《かみなり》に打たれたかと思った。豪雨《ごうう》のなか大切な薬草たちを守ろうと必死に作業していたとき、間近で雷が落ちたことがある。そのときの衝撃《しょうげき》と同じくらいの衝撃を、今胸に感じている。

「ここが、わたくしの部屋……？」

「そうでございます。お気に召《め》しませんでしたか？」

「いいえ、いいえ！」

むしろその逆だ。最初に視界に入った応接室には、ゆったりと座れるベルベットのソファがあり、ウォールナットのテーブルがあり、緻密《ちみつ》なディテールが美しい絨毯《じゅうたん》がある。小さな小さな廃《すた》れた離宮《りきゅう》で過ごしていたフェリシアには、どこの宮殿《きゅうでん》かと思うほど。いや、ここは確かにシャンゼルの宮殿なのだが、とにかく気に入らないだなんて滅相《めっそう》もない。

次に扉《とびら》一枚を隔《へだ》てた隣室《りんしつ》に案内されたが、どうやらそこは寝室《しんしつ》のようだ。天蓋《てんがい》がついたベッドなんて初めて見た。

(ダ、ダイブしていいかしら……!?)

ふかふかそうで、何より大きくて、なんて魅惑《みわく》的なベッドだろう。フェリシアの木板と布を集めて作ったベッドより、何百倍も寝心地《ねごこち》がよさそうである。

(離宮にもともとあった家具類は全部お姉様たちが持っていってしまったから、自分で作るしかなかったのよね。それが、ここでは……)

フェリシアの目は、もう宝物を買ってもらった子どものように輝《かがや》いている。

そんな彼女の興奮に気づかない女官長が、事務的に口を開く。

「王女殿下におかれましては、長旅でお疲《つか》れのことと存じます。ですが、本日は我が国にとって大切な日となりました。王女殿下は他国の方でありますのでご存じないかもしれませんが、本日昼中《ひるなか》、我が国を救ってくださる聖女様がご降臨《こうりん》あそばされたのです」

「あら、そうなの」

自分でも淡白《たんぱく》な返事だとは思ったが、それ以外に何と返せばよかったのだろう。女官長の眉《まゆ》根《ね》がぴくりと動いた。

「これは、歴史的瞬間と言ってもいい出来事です。他国の殿下には、わからないかもしれませんが」

なんか二回言われた。大切なことだったらしい。

「それで？　つまり何が言いたいの？」

「つまり今夜、その聖女様のご降臨を祝福して、王宮で舞踏《ぶとう》会が開かれることとなりました」

（ええ、知ってるわ。でもそれ、本当は私のための舞踏会だったんでしょう？）

これは前世からの知識だが、本来はフェリシアのために開かれるはずだった舞踏会が急に聖《ヒロ》女《イン》のためのものになり、悪役であるフェリシアが最初の激昂《げっこう》を見せるのだ。怒《おこ》っても仕方ないような気はするけれど、おかげで使用人たちからの好感度は下がり、悪い噂《うわさ》が広まっていく。

が、もちろん今のフェリシアは、そんな愚《ぐ》は犯《おか》さない。目指すは円満な婚約破棄《こんやくはき》である。

（それにその舞踏会で、ヒロインが攻略しようとする相手がわかるのよね）

そう思うと、少し緊張してきた。ゲームどおりに怒っている場合ではない。

「王女殿下《でんか》には、さっそくその舞踏会に参加していただきたく存じます」

「わかったわ」

「また、聖女様に失礼がないよう、聖女というものがどういうものか、これから紹介《しょうかい》する侍女《じじょ》から学んでいただけると幸いです」

王女に対する礼儀《れいぎ》を先にあなたが学んでくれと思わないでもないが、これもゲームの影響《えいきょう》なのだろうか。女官長は、先ほどからずっとそわそわしている。もしかすると、このあとに聖女の許《もと》へ参上することになっているのかもしれない。

「わかったわ。しっかりと学ぶから、その侍女を紹介してくれるかしら？」

「かしこまりました」

現れたのは、二人の若い娘《むすめ》だった。一人は金に近いクリーム色の髪《かみ》を持つ、ブラウンの瞳《ひとみ》の女性だ。少しだけつり上がった目元が活発な印象を与《あた》える。

「初めまして、王女殿下。殿下付きの侍女に任命されましたレベッカと申します。これからよろしくお願いします」

「こちらこそ、よろしくね」

次に、もう一人の小柄《こがら》な女性が会釈《えしゃく》する。

「初めまして。同じく殿下付きの侍女となりました、ライラと申します。よろしくお願いいたします」

彼女は栗色《くりいろ》の髪と水色の目を持っており、小動物を彷彿《ほうふつ》とさせた。身長が低いせいだろうか。

でも、小動物のように愛くるしさを振《ふ》りまくタイプではなさそうだ。レベッカが愛想《あいそ》笑《わら》いを浮かべているのに対し、ライラは完全なる無表情である。

「ライラもよろしくね。じゃ、さっそく聖女様について教えてもらえるかしら」

こうしてフェリシアは、舞踏会までの時間を潰《つぶ》したのだった。

舞踏会は、国王と王妃《おうひ》のファーストダンスから始まった。

それが終わり、フェリシアは現在、ウィリアムに誘《さそ》われてダンスを踊《おど》っている。さすがにまだ婚約者を放置するような男ではないらしい。

（それで？　異世界から来たっていう聖女様はどこにいるのかしら？）

ステップを踏みながら、気づかれないよう周囲を見回す。ダンスホールではたくさんの紳士《しんし》淑女《しゅくじょ》たちが踊っているので、なかなかお目当ての人物を見つけられない。

聖女のことで覚えているのは、懐《なつ》かしい黒髪《くろかみ》と黒目、薄《うす》い顔立ちだ。日本の女子高校生をヒロインにしていたので、妹はよくヒロインになりきってプレイしていた。

（聖女は瘴気を浄化《じょうか》するため、神が遣《つか》わした使者、ね）

　フェリシアは、異様な熱を込めて聖女について語ったレベッカを思い出す。

『聖女様は、それはもう尊く清らかな方なのです。民《たみ》のために尽力《じんりょく》し、その優《やさ》しさは神のごとく慈悲《じひ》深いもの。私はまだお会いできておりませんが、遠目にそのお姿を拝見しました。とても可憐《かれん》で、透《す》き通るような雰囲気《ふんいき》をお持ちの方で、さすが聖女様と思ったものです！』

　どうやらレベッカ曰《いわ》く、この国の女性で聖女に憧《あこが》れない者はいないらしい。歴代聖女は、みな美しく、優しい人ばかりだったのだとか。

『あと、女性が聖女様に憧れるのは、その恋愛《れんあい》模様にも理由があるのです！　当時の王子様とご結婚《けっこん》なさった方もおりますし、当時一番強い騎士《きし》様とご結婚なさった方もおります。神官様も、聖女様との婚姻《こんいん》は認められているのです。聖女様は、もともとどんな身分をお持ちだろうと、その瞬間にお姫様《ひめさま》になれるんですよ！』

　なるほど。フェリシアは、陶然《とうぜん》と語るレベッカの言葉に耳を傾《かたむ》けながら「はぁ～、だからなのね～」と納得《なっとく》した。

　だから、女性たちが憧れるのかと。前世で言うところの、シンデレラストーリー。

（あのあとも延々と続いて……レベッカは間違《まちが》いなく熱狂《ねっきょう》的なファンね）

　もう一人の侍女ライラは、逆にひと言も口を開かなかったけれど。

（――っと。しまったわ、今……）

考え事をしていたせいで、フェリシアはステップを踏《ふ》み間違《まちが》えた。パートナーのウィリアムを恐《おそ》る恐る見上げる。

「私とのダンス中に、考え事ですか？」

にっこりと微笑《ほほえ》まれる。不思議だ。その微笑みがなぜか怖《こわ》い。

「い、いいえ。考え事ではなく、そう、あれですわ。わたくし、ダンスが少々苦手でして」

「おや、そうなのですか？　なら私の足を踏んでも仕方ありませんね」

「……わたくし、踏みました？」

「はい」

それはそれはいい笑顔《えがお》だった。これがスチルだったら、画面釘《くぎ》づけで眺《なが》めていたいほどの。

顔から若干《じゃっかん》血の気が引くが、フェリシアの顔色など誰《だれ》にもわからない。ヴェールが全《すべ》てを隠《かく》している。

「では、一緒《いっしょ》に特訓しましょうか」

「え、ちょっと!?」

いきなりターンを加えられる。準備していなかったフェリシアは、完全に振り回された形になった。でも、なんとか体勢は崩《くず》さずに済む。本当はダンスも苦手ではない。

「これでもう、余所見《よそみ》も考え事もできませんね？」

（そうですわねそんなことしたらまた合図なしのターンを入れますものね！）

アドリブのターンがどれほど危険か、フェリシアは今身をもって知った。むしろ体勢を崩さなかった自分を褒《ほ》めてやりたい。

「……殿下は」

「うん？」

「殿下は、少し、話に聞いていた方と違《ちが》いますのね」

少しだけ、拗《す》ねたような目で見上げる。

彼はどこか楽しげだ。

「へぇ？　話って？」

「常に笑顔で、優秀《ゆうしゅう》で、人望厚い方だとか」

「ああ、なるほど。それで、実際に会ってみてどうですか？　失望しました？」

こんなときでも、彼の笑みは崩れない。

（常に笑顔、というのは間違いなさそうだけど）

「残念ながら、失望するほど存じ上げません」

これが正直なところだ。惚《ほ》れないとは決めたけれど、失望はしていない。失望できたらよかったのに。

するとウィリアムは――笑顔自体は変わらなかったが――今度は声を上げて笑う。

「ははっ。そっか。そうなるのか。あなたはこの顔に、騙《だま》されてはくれないんだね」

「？」

「じゃあこれからでいいから、しっかりと私のことを知っていってくださいね？」

――フェリシア。

「っ⁉」

最後、わざと耳元で囁《ささや》かれる。

甘い顔。甘い声。それだけでは飽《あ》き足らず、甘い吐息《といき》が耳をくすぐった。

なんて恐ろしい人だろう。この処世術に、勝てる人間なんているのだろうか。

「わたくし、さっそく学びましたわ」

真っ赤な顔をしたフェリシアは、意味がないとわかっていても、ヴェールの下からウィリアムを睨《にら》んだ。

「どうやら殿下は、とっても意地悪な方のようです」

案の定、彼はなんのダメージも受けずに、

「そう。それもまた、あなたから見た私なのでしょうね」

とても嬉《うれ》しそうに瞳を細める。

自分の心臓が早鐘《はやがね》を打っているだなんて、フェリシアは認めたくなかった。

ダンスが終わると、王太子とその婚約者である二人の許《もと》に、何人かが挨拶《あいさつ》に来た。といっても、それはすぐに終わりを告げる。

この広間《サルーン》の扉《とびら》に待機していた侍従《じじゅう》が、聖女の登場を朗々と告げたからだ。

「やっと来たか」

フェリシアの腰《こし》に手を回してエスコートしていたウィリアムが、ぽそりと呟《つぶや》く。他《ほか》に聞こえた者はいないらしい。フェリシアは、そっと彼の顔を見上げた。

視線に気づいたウィリアムが、変わらない微笑みで見返してくる。

――ドクッ。

急に現実を思い出したように、身体中《からだじゅう》に緊張《きんちょう》が走った。

「私たちも挨拶に行きましょうか」

ウィリアムが腰に添《そ》えていた手に力を入れる。王太子が自ら挨拶に行くなんて、聖女とはやはり重要な人物らしい。

フェリシアは、よくわからない喉《のど》の渇《かわ》きを覚えながら、促《うなが》されるままに歩を進めた。

聖女をエスコートしていたのは、この国で一番偉《えら》い国王だ。

「やあ。先ほどぶりだね、聖女サラ」

「ウィリアム殿下《でんか》！」

「ウィリアムで構わないよ。あなたは聖女なのだから」

目の前で、いきなり良い雰囲気が展開される。サラと呼ばれた少女は、親しみのこもった眼《まな》差《ざ》しをウィリアムに向けていた。ウィリアムだって、フェリシアに対するものより幾分《いくぶん》か態度が砕《くだ》けている。

　さて、ヒロインである彼女は、いったい誰を選ぶのだろう。我知らずきゅっと喉を締《し》める。

「サラ、私の婚約《こんやく》者を紹介《しょうかい》するよ」

　そっと背中を押されて、フェリシアは思考を中断させると、王女らしく堂々と胸を張った。

「お初にお目にかかりますわ、聖女様。わたくしはここと別の国、グランカルスト王国の第二王女フェリシア・エマーレンスと申します」

「ええっ、お姫様ですか⁉　すごい初めて見た……っじゃなくて、こ、こちらこそ初めまして！　私は天野《あまの》沙羅《さら》です。えっと、サラって呼んでください！」

「サラ様ですわね。これから仲良くしていただけると嬉しいですわ。わたくしのことも、ぜひフェリシアと呼んでくださいませ」

「い、いいんですか？」

「ええ、もちろん」

「わあ、そう言ってもらえて嬉しいです！　よろしくお願いしますね、フェリシアさん！」

　花が綻《ほころ》ぶとは、まさに彼女のような人に使う言葉である。癒《いや》し系《けい》だ。美人とも、かわいいとも取れる彼女の容姿は、愛嬌《あいきょう》があって男性たちにはとても人気だろうと思った。

（なるほど。ウィリアム殿下は、この笑顔にやられるのね）

私でもやられるわ。そう思うくらい、思わず手を伸《の》ばしてその頭を撫《な》でてやりたくなった。

「サラ様はすごいですわ。聖女様というのも頷《うなず》けますわね」

「ええっ。突然《とつぜん》どうしたんですか。私、聖女なんて大層な身分を与《あた》えられてますけど、本当はただの女子こう……十七歳の小娘《こむすめ》ですから！　身分で言ったら、生粋《きっすい》のお姫様であるフェリシアさんのほうが上ですよっ」

（あ、今、女子高生って言おうとしたわ）

なんて懐《なつ》かしい響《ひび》きだろう。そんな時代が自分にもあったことを思い出す。

そう思うと、確かに彼女はただの小娘なのだろう。身分制度なんてなかった日本では――正しくは身分制度のない時代の日本では――天皇が象徴《しょうちょう》天皇として存在するだけである。ヒロインも似たような時代で生きていたことはゲームで知っているので、彼女の言いたいことがよく理解できた。

けれど、それを言ったら、実はフェリシアだってただの小娘なのだ。

流れる血が絶対的であると言われながら、誰からも遠巻きにされた王女。

趣味《しゅみ》の薬草を育て、売り、生活していると。嫌《いや》でも自分は無力な小娘なのだと思い知らされた。

あの離宮《りきゅう》から出るだけの力もなく、だからといって王宮で自分の存在を示すほどの力もなく。

自分は〝血〟以外は、本当にただの小娘なのだと。

それに比べて、右も左もわからない異世界で、これから多くの人々のために尽力《じんりょく》する彼女は決してただの小娘ではない。

彼女が、彼女自身の力で、意志で、多くの人を救うのだ。

聖女しか瘴気《しょうき》を浄化《じょうか》できないというのは、どれほどの重責を伴《ともな》うことだろう。逃《に》げることもできただろうに、彼女はそれを選んでいない。

前世を思い出した今だからこそ、そのすごさがよくわかる。

（だって、もし私が彼女の立場だったら、間違《まちが》いなく責任を放棄《ほうき》していたもの）

知り合いもおらず、守りたい人もおらず。自分だったら、まず元の世界に帰りたいと願うだろう。

だから……。

「サラ様、そうご自分を卑下《ひげ》なさることはありません。あなたは立派な淑女《しゅくじょ》ですわ。わたくしよりもずっと……ずっとね」

だから、そんな彼女とウィリアムが惹《ひ》かれ合うのは、もはや必然なのだろう。

「フェリシア、さん？」

「ふふ、いい機会だわ。せっかくの舞踏《ぶとう》会ですし、わたくしと踊《おど》ってくださらない？　もちろんわたくしが男性パートを踊りますから」

「え、えっ？」

戸惑《とまど》うサラの手を引くと、周りにいた他のみんなもぽかんと口を開けていた。

それが、なんだかおかしくって。ヴェールの下からつい笑声《しょうせい》を漏《も》らしてしまう。

おかしな王女でいい。

型破りな婚約者でいい。

きっとそのほうが、婚約破棄《こんやくはき》もしやすいだろう。

「ねぇ、サラ様。わたくし、こんなふうに笑うのは久しぶりで、とっても楽しいわ」

　シャンゼルという遠い国にやって来てから、早いものですでに一週間が経《た》っていた。

初日に行われた舞踏会では、ゲームのヒロインである聖女サラにも会えた。

フェリシアが男性パートを踊り、サラが女性パートを踊ったダンスは、瞬《またた》く間に王宮中で噂《うわさ》になる。まあそのほとんどが、戸惑う聖女を無理やりダンスに誘《さそ》ったとして、フェリシアへの批判ばかりだったが。

（でも、そんなことは正直どうでもいいのよ）

たとえそれがきっかけとなり、メイドや侍女《じじょ》から嫌がらせを受けるようになったとしても、フェリシアにはどうでもよかった。悪役はこういう運命なのだろうと、割り切ったともいう。

（そんなことより大変なのは、そのあとのことよ。薄々《うすうす》予感してたとはいえ……）

はぁ、と徐《おもむろ》に溜息《ためいき》をつく。

「フェリシアさん？　どうしました？　もしかして、お口に合わなかったですか？」

俯《うつむ》くフェリシアの顔を心配そうに覗《のぞ》き込もうとしてきたのは、まさに溜息の一因であるサラだ。

今フェリシアは、サラに誘われて令嬢《れいじょう》たちとのお茶会に参加していた。

（……それにしても不思議なんだけど、どうして私、サラ様《ヒロイン》には好かれてるのかしら）

そもそもこのお茶会に、フェリシアは誘われていなかった。そこをサラの思いつきで突然参入したものだから、他の令嬢たちから刺《さ》さる刺さる。扇《おうぎ》で隠《かく》せない嫌悪《けんお》の視線が。どうやら聖女を無理やりダンスに引っ張ったことだけでなく、いつまでもヴェールで素顔《すがお》を隠していることも、彼女たちにとってはお気に召《め》さないらしい。

「聖女様、そんなことはお聞きになるだけ無駄《むだ》ですわ。まさか聖女様がお作りになったものをお口に合わないだなんて言うはずがありませんもの。ねぇ、みなさん？」

一人の令嬢が同意を求めると、残りの二人も大きく頷く。

そう、フェリシアたちが囲む丸テーブルにはたくさんのお菓子《かし》が並んでいるが、その全《すべ》てをサラが作ったのだ。お近づきの証《しるし》にと言って。

フェリシアは、もちろん誰《だれ》よりも味わって食べている。というのも、

「そうですわね。とてもおいしくいただいておりますわ。空っぽの胃に染《し》み込むような優《やさ》しい味わいで、手が止まりませんもの」

フェリシアは文字どおり、胃を空っぽにしていたからだ。

（嫌がらせはどうってことないけど、食事の配膳《はいぜん》がなくなったことだけは地味に痛いのよね）

メイドからの嫌がらせの一つとして、食事が運ばれなくなった。偶然《ぐうぜん》聞いた話では、熱狂《ねっきょう》的な聖女ファンのレベッカが主導しているらしい。

ただ、不幸中の幸いだったのが、過去に姉と妹に似たような嫌がらせをされたことのあったフェリシアは、それ以来非常食を常備していることだ。今はそれで食いつないでいる。

「本当ですか？　ならよかった！　フェリシアさんはおいしそうに食べてくれるから、ふふ、作ったかいがありました！」

サラが嬉《うれ》しそうに笑う。令嬢たちが悔《くや》しそうに歯《は》嚙《が》みしている。

（なんかもう、カオスだわ……）

フェリシアはただ本音を述べただけなのに、サラの好感度がまた上がる。フェリシアとしては、サラの好感度を上げるよりもやらなければならないことがあるはずなのに。

（そうよ。だってあの舞踏会《イベント》でサラ様が踊ったのは……ウィリアム殿下《でんか》なんだから）

フェリシアとサラのダンスが終わったあと、国王がこう言った。

『ウィリアム、次はおまえがどうかね？　エマーレンス王女の言うとおり、せっかくの舞踏会なのだから』

ウィリアムはもちろん笑顔《えがお》で了承《りょうしょう》し、サラは少しだけ恥《は》ずかしそうに彼の手を取った。

（二人が踊る姿を、みんなが微笑《ほほえ》ましそうに見ていたわ。まるで祝福するように）

サラも楽しそうで、だから、フェリシアは確信した。

——やっぱり、ウィリアムルートなのね。

二人のダンスが終わらないうちに、フェリシアはそっと広間《サルーン》を抜《ぬ》ける。考えなければならないことはたくさんある。やらなければならないこともたくさんある。

でもその前に、夜風にあたりたいと思った。涼《すず》しい風にあたって、そして——。

「それで話を戻《もど》しますけれど、あの舞踏会から、聖女様の輝《かがや》かしい噂が民《たみ》にまで広まっていることをご存じですか？」

「えっ。それ、どんな噂ですか？　変な噂だったらどうしよう……」

「心配には及《およ》びませんのよ、聖女様。噂というのは、聖女様がとてもかわいらしい方であるとか、聖女様と王太子殿下がお似合いだということとか、良いものばかりですのよ」

「ええっ。私なんてそんな……それに、私とウィリアムがですか？」

「はい。殿下と聖女様は同じ髪色《かみいろ》をお持ちだからでしょうか、こうぴったりとはまると申しますか」

「わかりますわ！　一対《いっつい》のような」

「私も同じことを思いました。――王女殿下も、そう思いませんこと？」

もぐもぐと上品にクッキーを頬張《ほおば》っていたら、急に話題を振《ふ》られた。手を止め、わざとゆっくりと口の中のものを嚥下《えんげ》する。と。

「ええ、わたくしも、みなさんと全く同じ意見ですわ」

力強く肯定《こうてい》してやった。これに呆気《あっけ》にとられたのは、言わずもがな、令嬢たちだ。フェリシアに少しでもダメージを与《あた》えようとしたのだろうが。

（おあいにく様。こっちは最初からわかってるのよ、そんなこと。だからこそ、邪魔《じゃま》者《もの》は消えようと頑張《がんば》ってる最中なんだから）

打っても叩《たた》いても蹴《け》っても響《ひび》かないフェリシアに、どちらが白旗を掲《かか》げたかなんて言わなくてもわかるだろう。

お腹《なか》が満たされたフェリシアは、最後に上機嫌《じょうきげん》で退室する。それを令嬢たちが不気味そうに見送ったが、それすらもフェリシアを機嫌よくさせるだけだった。

フェリシアは、かねてより連絡《れんらく》を取っていた人物から、ようやく返事をもらえた。薬屋としてやっていくなら、この人物の協力が必要不可欠なのである。

そして、茶会から二日後の今日。

今日は、一日中暇《ひま》な日だ。誰に会う約束もなく、王太子の婚約《こんやく》者としての公務もなく。

世話に来る使用人は、もうここ何日も見ていない。

(唯一《ゆいいつ》来てくれる可能性があるライラには、体調不良だからそっとしておいてって書き置きも残したし。これで準備万全《ばんぜん》ね)

フェリシアはいつもかぶっているヴェールを外し、動きにくいドレスを脱《ぬ》いだ。祖国から持ってきた簡素なワンピースに着替《きが》えて、その中に肌身《はだみ》離《はな》さず持っているペンダントをしまう。

これは、フェリシアのお守りのようなものである。中には薬を入れている。一見普《ふ》通《つう》のロケットペンダントにしか見えないだろう。

準備を整えたフェリシアは、自室の窓を開けた。

「ゼン！」

空に向かって名前を呼ぶと、ばさりと凛々《りり》しい鷹《たか》が降りてくる。

「いつもありがとう。今日もよろしくね」

そう言うと、ゼンは頷《うなず》くかわりに羽を広げた。まるでついてこいと言うように、フェリシアに背を向ける。

彼はフェリシアの友人だ。ある日、庭で植物の世話をしていたら、苦しそうに暴れる鷹がいた。まるで何か悪いものでも食べてしまって、それを吐き出そうともがくように。あるいは自分を苦しめる何かを、必死に追い出そうとするように。

そんなふうに暴れる鷹――ゼンを助けたことで、二人の友人関係は始まったのだ。

フェリシアは友人の背を追うように、目の前にある大木に飛び移る。運動は得意だ。もしこの木がなかったら、フェリシアはシーツでも繋《つな》げて下りただろう。与えられた部屋が二階だったことも幸いした。

慣れた調子で木から下りると、フェリシアはにんまりと笑う。城を抜け出すことは、祖国にいた頃《ころ》から彼女の十八番《おはこ》である。

そうして彼女は、ゼンの案内のもと、無事に王宮からの脱出《だっしゅつ》に成功したのだった。

「すごいわ……」

目の前に広がる光景に、フェリシアは思わずといったふうに呟《つぶや》いた。

どこを見ても人、人、人だらけ。初日に同じ道を通ったはずの王都は、今日はなぜか道端《みちばた》の花も視界に入らないほど人で混雑していた。

この中を自分も進んでいかなければならないなんて、考えただけで引き返したくなる。が、上空を飛ぶ友人は、この先の道を指し示していた。

（仕方ないわ。行くしかないんだから）

ごくり、と唾《つば》を飲んで。覚悟《かくご》を決めて人混《ひとご》みの中に突《つ》っ込んでいく。

いくら祖国で何度も平民のふりをしてきたフェリシアといえど、さすがにこうも人がひしめき合う場所は初めてだ。だからか。

(あ、あら? なんか、流されてない……!?)

自分の行きたい方向に進めない。

歓声《かんせい》が沸《わ》き起こる。

どうやらみんな、一つの場所に向かって人波を形成しているらしい。

大勢にたった一人の力が敵《かな》うはずもなく、細身のフェリシアはどんどん目的地とは違《ちが》う方向へと流されていっている。

「待って。私、向こうに行きた——きゃっ」

誰《だれ》かに押され、あわや転ぶ! となったフェリシアは、つい反射的に目を瞑《つむ》る。痛みと衝撃《しょうげき》を覚悟するが、その前にぐいっと腕《うで》を引っ張られた。

誰かが助けてくれたのだろうか。おかげで間一髪《かんいっぱつ》、転ばずに済んだ。

「大丈夫《だいじょうぶ》かい?」

「え、ええ。助かりましたわ。ありが……——!?」

お礼を伝えようと思ったのに、顔を上げて認識《にんしき》した人物に、フェリシアは言葉を失った。

「怪我《けが》がないのならよかった。でも、いくら聖女様の姿を見たいからって、あまり身を乗り出してはいけないよ。危ないからね」

幼子に言い聞かせるように優《やさ》しく諭《さと》してくる人物は、間違《まちが》えようもない、ウィリアム・フォン・シャンゼル。なぜか今は黒縁《くろぶち》眼鏡をかけているが、彼は疑いなくフェリシアの婚約者であり、この国の王太子である。

そんな人が、どうしてこんなところに。その疑問でいっぱいになったフェリシアは、ウィリアムに応《こた》えることを忘れてしまった。

「どうしたんだい？　やっぱりどこか怪我を？」

「い、いえ！　ただその、なんで――」

なんで、あなたがこんなところにいるんですか。と訊《き》こうとしたフェリシアは、寸前で口を閉じる。

そういえば今、自分がヴェールを外していることを思い出したからだ。ウィリアムにとっては、今のフェリシアはただの町娘《まちむすめ》である。

だから、疑問を口にはできなかった。

「その、なんで、こ、こんなに人が……？」

苦し紛《まぎ》れのすり替《か》え。

しかしウィリアムは、特に訝《いぶか》しむこともなく答えてくれた。

「ああ。今日は聖女のパレードだからね。みんな新しい聖女の顔を見たくて、こうして街道《かいどう》に集まっているんだ」

「パレード、ですか？」

「そう。新しい聖女が現れたら行う恒例《こうれい》行事みたいなものだね。これで国民の不安を取り除くんだ。瘴気《しょうき》を浄化《じょうか》できるのは聖女だけだから。……我々は、聖女に縋《すが》ることしかできない」

ウィリアムの目元が一瞬《いっしゅん》だけ歪《ゆが》んだ気がした。けどそれは、フェリシアの見間違《みまちが》いだったのかもしれない。だって次にフェリシアを見た彼の目は、もういつものように柔《やわ》らかい笑《え》みを形作っていたから。

フェリシアは、ああだから彼はずっと忙《いそが》しそうだったのかと、頭の片隅《かたすみ》でぼんやり思った。

「それより、ここは少し危ないね。また倒《たお》れるといけないから、さあ、こちらにおいで」

「え、ですが」

フェリシアは躊躇《ためら》った。というのも、王太子である彼がパレードについて行かなくていいのかと思ったからだ。

すると、そんなフェリシアの戸惑《とまど》いを感じ取ったウィリアムが、掴《つか》んだ手を優しく引きながら言う。

「もしかして、私のことを気にしてくれているの？　嬉《うれ》しいけれど、それなら大丈夫だよ。私は聖女様の護衛騎士《きし》ではあるけれど、いてもいなくても変わらない護衛だからね。我らが聖女様の護衛には、ほら、すでに国一の強者《つわもの》であるフレデリク殿《どの》がついている」

「ご、護衛？」

「そう、護衛騎士。それも下っ端《ぱ》のね」

そんな馬鹿《ばか》な、と思いながら、ウィリアムが指した方向に視線を移す。

その先には豪華《ごうか》な馬車が走っていた。車体は金色の彫刻《ちょうこく》で縁取《ふちど》られ、王家の紋章《もんしょう》が刻まれている。王族専用の馬車なのだろう。その中には、溢《あふ》れんばかりの笑みで人々に手を振《ふ》り返すサラがいた。ちらっとしか見えなかったが、あの懐《なつ》かしい黒髪《くろかみ》黒目は間違いない。

そして、その横で馬に跨《またが》り並走するのが、ウィリアムの言ったフレデリクだ。彼もまた、攻《こう》略《りゃく》対象者である。

生命力溢れる赤茶色の短髪《たんぱつ》に、若葉のような薄緑《うすみどり》色の瞳《ひとみ》。ウィリアムが中性的な美貌《びぼう》なら、こちらは野性味を感じさせる美貌を持つ。同じく女性にモテそうだ。

(あれが、フレデリク・アーデン)

なんとはなしに思って、フェリシアはハッとした。

ウィリアムの説明に流されそうになったけど、そもそも彼が護衛騎士というのはおかしな話だ。だって彼は、王太子なのだから。

周りは誰《だれ》も気づかないのだろうか。そう思って周囲を窺《うかが》うも、見事に誰も気づいていない。

(ああでも、王侯《おうこう》貴族でないと、王太子殿下《でんか》のご尊顔なんて滅多《めった》に拝見できないのだわ)

それを逆手に取っているのか。かくいうフェリシアも、同じ手を使って薬草を売りに行っていた。

改めてウィリアムを見る。近衛《このえ》騎士の制服に、念のためにだろう、かけられた黒縁眼鏡。なんで眼鏡をしているのかと疑問に思ってはいたが、なるほど、お忍《しの》びだったかららしい。

まあ、彼がなぜ騎士を装《よそお》っているのかは、知らないし知りたくもないけれど。

とりあえず、幸いにも彼がフェリシアに気づいた気配はないので、今のうちにさっさと離《はな》れておこうと考える。

「失礼ですが、いくら下っ端でも、そして私を助けてくれたのだとしても、仕事を放棄《ほうき》なさるのはいかがなものかと。私は聖女様を尊敬しておりますので、できない私の分もあなたが守ってあげてください」

そのために持ち場に戻《もど》ってはどうかと、言外に促《うなが》してみる。

「これは耳が痛いね。でも、君の言うとおりだ。ただ私としては、君のことも気になる。簡単に人混みに流されてしまう君が、無事に帰れるか心配なんだ。今日はどうして街に？」

「用事がありまして」

「どこに行く用事かな」

「えっと……プライベートなことなので」

なんでこんなに食い下がるのだろうと思いながら、いかにこの場を離れられるかを考える。

目的地を教えて、まさかそこに来られたら厄介《やっかい》だ。

いっそのこと力ずくで逃《に》げたいけれど、そうさせないためなのか、フェリシアの腕には先手が打たれていた。

「プライベートか。そう言われると強く出られないね。わかった。手を離そう」

ほっと胸を撫《な》で下ろす。よかった。これでこの場を離れられる。

「では、私はここで失礼します。助けてくださってありがとうございました」

「気にしないで。ただ、くれぐれも気をつけてね。君に何かあったら悲しむ人がいるということを、忘れてはいけないよ」

「それは……少し大げさな気もしますけれど」

しかしウィリアムは撤回《てっかい》しない。にこりと微笑《ほほえ》んだまま、フェリシアの返事を待っている。

「わ、わかりましたわ。肝《きも》に銘《めい》じておきます」

「うん、頼《たの》んだよ」

それからフェリシアは、ウィリアムに見送られてその場をあとにした。


人々の歓声は続いている。ウィリアムはそちらをちらりとも見ない。

フェリシアが去っていく姿から目を離さず、彼は微笑みを保ったまま命令した。

「尾《つ》けろ」

短く、ひと言。

誰を、なんて訊き返さない。心得ている王太子の護衛は、無駄《むだ》なく任務を遂行《すいこう》する。

人々の熱気が、ここだけぽっかりと消えたようだった。


優秀《ゆうしゅう》な友人のおかげで、フェリシアは目的の場所へとようやく辿《たど》り着いた。

表には診療所《しんりょうじょ》の看板があり、今日は『休診』という札が扉《とびら》にかかっている。フェリシアは、それを気にすることなく扉を開けた。

チリンチリンとドアベルが鳴り、中にいた人物が反応する。

「まあ……まあまあまあ！　フェリシアちゃんじゃないの！」

「久しぶりね、ダレン！」

再会を喜ぶように、二人は抱擁《ほうよう》を交《か》わした。

「本当に久しぶり、フェリシアちゃん。元気にしてた？」

「ええ。ダレンも元気だった？」

「んもうっ、もちろんよぉ」

見た目は屈強《くっきょう》な男であるダレンは、この診療所の医師である。がたいがよく、太くきりっとした眉《まゆ》に彫《ほ》りの深い顔。誰《だれ》がどこからどう見ても男性で、生物学的にも男だが、心は女性という人物だ。

フェリシアは、そのダレンを第二の母として慕《した》っている。

そしてダレンもまた、フェリシアを娘のようにかわいがってくれる。彼はもともと、病弱な母の主治医だった。

「さあてフェリシアちゃん。本当に元気だったか、チェックさせてもらうわよん」

「え……」

言うや否《いな》や、ダレンがフェリシアの全身をくまなくチェックする。彼は過保護なところがあるから、毎回会うたびにこのチェックが入る。

それとも、フェリシアの「元気よ」という言葉を信用していないからか。

「やだフェリシアちゃん！　あなたちょっと痩《や》せたんじゃない？　本当に元気だったのぉ？」

「元気よ」

「じゃあなんで痩せてるの。もともと痩せる必要ないくらい細いのに、これ以上痩せたら骨と皮だけになっちゃうじゃない！」

「さすがにそれはないわ」

「あるわよぅ。あなたいっつも我《が》慢《まん》ばかりするから、あたし心配よ」

「ダレン……」

「というわーけーでー。白状なさい、フェリシアちゃん！」

「いひゃいいひゃい！」

両頬《りょうほほ》を容赦《ようしゃ》なくつままれる。こうなっては白状するほかなさそうだ。フェリシアは観念した。

「でも、祖国よりはマシな扱《あつか》いなのよ」

「へぇ？　つまりなあに？　グランカルストよりはマシでも、似たような扱いをここの王宮でも受けているってことかしらぁ？」

「……口が滑《すべ》ったわ」

「フェリシアちゃん！」

ダレンの叱責《しっせき》が飛ぶ。いくら中身が乙女《おとめ》の恋愛《れんあい》対象が男の人といえど、やはり生まれ持った性別は男である。その叱責の声は野太く、怖《こわ》い。

というより、ダレンが特別そうなのだ。怒《おこ》らせると本気で怖い。フェリシアは身をもって知っている。

彼との出会いは、フェリシアがまだ小さい頃《ころ》、母が死んだあとのこと。

どうやら彼は、母が側室として召《め》し上げられる前に、母の医師を務めていたらしい。当時彼はグランカルストで医師をしており、大国の医学について勉強していたのだとか。

しかし母が側室になってからは、母とも会えなくなってしまった。王が許さなかったからだ。

そのまま疎遠《そえん》になってしまったようだが、母が亡《な》くなったことを聞いたダレンが、その忘れ形見であるフェリシアに会いに来てくれたことがあった。それが二人の出会いである。

「で、今度はどこのどいつぅ？　あたしのかわいいフェリシアちゃんをいじめるなんて……うふふ、そいつ幸運ねぇ。あたし直々に生きたまま全《すべ》ての皮という皮を剝《は》いで肉を切り刻みミンチにして家畜《かちく》の餌《えさ》にしてやるわ。やあね、大丈夫《だいじょうぶ》よ。あたしが懇意《こんい》にしているおじいさんとこの家畜は、好き嫌《きら》いなんてせずにぜぇんぶ食べてくれるから。証拠《しょうこ》は残らないわ」

そういう問題じゃないと、誰か突《つ》っ込んでくれないだろうか。

「そうと決まったら刃《は》を研《と》いでおかないと！　久々に腕《うで》が鳴るわん」

「待って待って。本気で刃を研ぎに行こうとしないで」

「止めないでフェリシアちゃん。あたしの神の右手が疼《うず》いてるの」

「その神の右手は別のところで使ってちょうだい。ダレンの手は、人を救うためにあるのでしょう？」

小さいフェリシアにそれを教えてくれたのは、他《ほか》でもないダレンである。

「んもうっ、フェリシアちゃんったら！　そんなこと言われたら何もできないじゃないの大好き！」

「うぐっ。ダレ……くるしっ……」

容赦なく抱《だ》きしめられる。その腕力《わんりょく》はゴリラ並みだ。第二の母にされる抱擁は嫌いではないけれど、ものには限度というものがあることを、いい加減彼は理解してくれないだろうか。

「あー、でもやっぱり許せないわぁ。まさかとは思うけど、あなたまた植物だけの食生活なんて送ってないでしょうね？」

「…………」

げに恐《おそ》ろしきは、その動物並みの勘《かん》かもしれない。

「フェーリーシーアーちゃあん？」

「フェリシアちゃん！　今度は何を口にしてるの！」

「だ、大丈夫よダレン。さすがに毒草は口にしてないわ」

「当然よ！　あれは食べ物じゃないって何度言えばわかるの！　で、最近は何食べたの!?」

肩《かた》を掴《つか》まれて揺《ゆ》さぶられるものだから、それに耐《た》えかねてぽろりと白状する。

「ヨモモちゃんとか、エルディとか、サイサイとか」

「正式名称《めいしょう》！」

「ヨモギとか、エルダーフラワーとか、アジサイとか」

「このおバカ!!」

「いっ――」

たぁい……と情けない声が出る。頭のてっぺんに見事な手刀がおみまいされた。

「アジサイは薬にもできるけど、中毒症状《しょうじょう》を起こすこともあるって教えたわよね!?」

そう、実はフェリシアとダレンは、家族のような関係でもあるけれど、師弟《してい》のような関係でもある。

昔、姉に毒を盛られたフェリシアを救ったのは、ダレンだった。やられてばかりで悔《くや》しい思いをしていたフェリシアに、薬草やら毒草やらの知識という武器を与《あた》えてくれたのが、この第二の母なのである。

といっても、まさかそれが高じて趣味《しゅみ》にまでなってしまったのは、さすがのダレンも予想外だったらしいけれど。

「もちろん覚えてるわ。でもだからこそよ、ダレン。アジサイのいったいどの品種に毒が含《ふく》まれどの品種には含まれていないのか。それとも品種は関係なくて別の理由があるのか……気にならない？」

「なるわよ！」

なるのか。じゃあなぜ手刀を繰《く》り出した。

「でもね、自分の身で試《ため》すおバカがどこにいるっていうの！」

「ここに……」

「ほあちゃーー！」

「いたっ⁉」

問答無用で二撃目《げきめ》が繰り出された。最初のものより断然威力《いりょく》が増している。

「あなた、いい加減その好奇心《こうきしん》をどうにかしないなら、今後一切《いっさい》協力してあげないわよ」

「それは困るわ。育てた植物たちはどうなるの？　ダレンの協力がないと私、お金が稼《かせ》げなくなってひもじくてひもじくてうっかりトリッキー――トリカブトを食べてしまいそうよ」

ひくり。ダレンの口元が引きつった。

自分がフェリシアをいじめた奴《やつ》らに本気で制裁を加えてやろうと考えていたように、彼女もまた、本気で毒草を嬉々《きき》として口にするだろうことを、ダレンはわかっている。

よって、二人の親子《おやこ》喧嘩《げんか》はいつもフェリシアに軍配が上がる。

「……わかったわよぅ。ちゃんと協力するから、お願いだから毒草は口にしないのよ？」

「ええ、ありがとうダレン！　無害なものしか口にしないわ！」

それもそれでどうなのだろう。ダレンは溜息《ためいき》を隠《かく》さなかった。

「それで？　他には何されたのぉ？　その様子だとまともな食事がないことはわかったけど、他は？　大丈夫ぅ？」

「そうねぇ、他は特に。掃除《そうじ》も入浴も、今まで自分でやってたから特に不自由もないし。お茶会とかで嫌味《いやみ》は言われたけど、返《う》り討ちにしてやったもの。陰口《かげぐち》なんて正直珍《めずら》しくもないわ」

「もうなんていうか、あなたどんだけハート強いのよ……」

ダレンは呆《あき》れたように天井《てんじょう》を仰《あお》ぐ。

これがフェリシアという少女なのだとわかっていても、ダレンは思わず頭を抱《かか》えた。

「そんなことより、ねぇダレン。私の愛《いと》しい子たちはどこにいるの？　こっち？」

「あー、右よ右ぃ。ほんと、心強すぎだし切り替《か》えも早すぎるわ」

フェリシアは教えられた右の廊下《ろうか》を進みながら、ダレンにも聞こえるように声を張る。

「そうでもないわ。私だって趣味《これ》がなかったら、少しは絶望していたもの。他に拠《よ》り所があるから負けないでいられるのよ。だからね、生きる楽しみを教えてくれたダレンには、本当に感謝しているの」

「もうっ、泣かせてくれるわね！　で・もぉ。一番大事なお話はここからよぅ、フェリシアちゃん。手紙に書いてあったことについて、ちゃんと説明してくれるのよねん？」

「ええ、もち……——ああっ、やっと会えたわ！　私の愛しい子たち！」

「ちょっとフェリシアちゃん！　ちゃんと説明してほしいんだけど!?」

「待って。状態を確認《かくにん》するから。終わったらそっちに戻《もど》るわ」

　裏手にある戸口から外に出ると、そこには小さな庭があった。

　ある程度手入れがされているとはいえ、もともとは花も草もない寂《さび》しい庭だ。その一画に、最近植えられた跡《あと》がある植物がいくつかある。なかには鉢植《はちう》えも置いてあり、寂しい庭に彩《いろど》りを加えている。全て、フェリシアがグランカルストから送ったものだ。

　そしてさすがフェリシアに様々な知識を与えた人間である。ダレンの手入れのおかげで、植物たちは元気に育ち続けていた。

　満足したフェリシアは、もう一度家の中に入り、ダレンのいる待合室へと戻った。

「それで、なんの話だったかしら？」

「だから手紙よ、手紙。説明して！」

「ああ、そうだったわね。でも、書いたことそのままの意味よ？　私、平民になろうと思ってるの。だから協力してほしいのだけど」

「なんで⁉　なんでそこで平民になりたいっていう話になるのかしらん⁉」

「だって殿下《でんか》と婚約破棄《こんやくはき》したあと、国に戻りたくないんだもの」

「破棄⁉　破棄ってなに⁉」

「ダレン、さっきからうるさいわ」

「誰《だれ》のせいよ⁉」

間違《まちが》いなく自分のせいだ。フェリシアもわかってはいたが、これを最初から説明するのはちょっと難しい。だってまさか「実は私、前世の記憶《きおく》があってね。円満に婚約を破棄しないと殺されるの」なんて言えないだろう。信じてもらえるはずがない。

「とにかくね、平民としてやっていくには収入が必要でしょう？　だから薬屋をやってみたいの。もともと興味もあったし。そのためには、営業の許可を取らないといけないのよね？　でも私、この国のことについてはあまり詳《くわ》しくないから、ダレンに教えてほしいのよ」

「待った。話の進みが速すぎて頭が痛いわ、逃《に》げていい？」

「だめよ。逃がさないわ」

「そもそもよ。そもそもね？　なんで婚約破棄が出てきたの？」

ここまでの話だけでよほど気力を使ったのか、ダレンは椅子《いす》にもたれかかった。

フェリシアは、うーん、と少しだけ考えてから。

「これはね、私の勘——そう、女の勘なんだけど。たぶん王太子殿下は、聖女様を好きになると思うの」

「は……？」

「そして聖女様も、殿下のことを好きになるわ、絶対」

むしろサラに関しては、すでに一目《ひとめ》惚《ぼ》れをしている。だからこそ、あの舞踏《ぶとう》会でウィリアムと踊《おど》ったのだ。

「そうなると、私って邪魔《じゃま》でしょう？　それなら潔《いさぎよ》く身を引こうかなって」

だからどうか殺さないでください、とは内心だけにとどめておく。それを伝えたい人物は、今ここにはいない。

「フェリシアちゃん」

「なあに？」

「ちょっとあたし、用事ができちゃったぁ～。すぐそこのお城に乗り込んでくるから、ここで待っててくれるぅ？」

「え？」

フェリシアが意味を理解しかねていると、ダレンがどす黒い笑《え》みを浮《う》かべて立ち上がる。

鬼《おに》だ。般若《はんにゃ》だ。般若ってなんだ。頭が混乱してきた。

とりあえず、ダレンを行かせてならないことだけは、フェリシアも理解した。

「ダレン、落ち着いて。なんでそうなるのっ」

ダレンの白衣の袖《そで》を掴《つか》んで、必死に引き止めようと引っ張る。

「止めないでフェリシアちゃん。あなたがそう思うほどあの腐《くさ》れ腹黒王太子が何かしたってことなんでしょ。婚約者《フェリシアちゃん》がいながら他《ほか》の女に現《うつつ》を抜《ぬ》かしたってことなんでしょ！　──待ってろやクソガキィ、ぼっこぼこのミンチにしてやるからなぁ」

「ダレン、男の部分が出てるわっ」

「あらやだあたしったら！　うふふ、ミンチじゃなくて千切りにしましょうねん」

「そういう問題じゃないから！」

どれだけ引っ張ってもダレンの足は止まらない。

自分のことを思って怒《おこ》ってくれることは嬉《うれ》しいが、これはフェリシアも納得《なっとく》して決めたことだ。というより、まだウィリアムとサラはくっついていない。くっついてから行動しては遅《おそ》いから、こうして早めの準備をしているだけである。

「お願いだから止まって！」

フェリシアが叫《さけ》んだと同時、診療所《しんりょうじょ》の扉《とびら》が開いた。

チリンチリン、と扉についているドアベルが鳴って、全員の時が止まる。

ダレンとフェリシアは、扉を開けたウィリアムを見て。

そしてウィリアムは、扉を開けた先で見てしまった光景に。

最初に復活したのは、年の功か、ダレンである。

「あ〜ら〜？　なんかちょうどいいときにちょうどいい顔を見ちゃったわぁ……ミンチ！」

「違《ちが》う違うミンチじゃないわよダレン！」

「そうね千切りだったわ！」

「それも違うから！」

もう袖を掴むなんて悠長《ゆうちょう》なことはやってられない。フェリシアはダレンの腰《こし》を抱《だ》きしめるようにして全身で止める。そうしなければ、彼は本気でウィリアムに襲《おそ》いかかってしまいそうだ。

初めは状況《じょうきょう》が理解できず固まっていたウィリアムも、なんとなく命の危機を察してくれたらしい。殺気立ったダレンをひょいと避《よ》けると、彼は相変わらず笑顔のままフェリシアの手を取った。

「……え？」

あまりに呆気《あっけ》なく、流れるようにダレンから引き離《はな》されたものだから、思わず目が点になる。

視界の端《はし》では、ダレンが顔から地面に突《つ》っ込んでいた。

「やあ。先ほどぶりだね、お嬢《じょう》さん」

「え、ええ」

何ごともなかったように振《ふ》る舞《ま》われて、フェリシアは混乱の中に落とされる。

「っおいてめぇ！　なに気安くその子に触《さわ》ってんだあん⁉」

「診療所にいるなんて、もしかしてさっき、やっぱりどこか怪我《けが》でもしてたのかい？」

「しかもなに綺麗《きれい》に無視してくれてんだコラァ！」

「……外野が少しうるさいみたいだね。ちょっと待っててくれるかい？」

フェリシアが何か答えるより先に、ウィリアムはダレンの目の前まで進んでいく。

フェリシアはそれを呆然《ぼうぜん》と眺《なが》めた。まず、なぜここにウィリアムがいるのか。そこからして疑問である。

二人は、フェリシアに聞こえない小声で話し始めた。

「お久しぶりですわぁ殿下。ちょっと色々と言いたいことがあるんですけどぉ、とりあえずその綺麗なお顔を貸していただけますぅ？」

「こちらこそお久しぶりです、ダレン殿《どの》。前回会ったのは、母の定期検診《けんしん》のときでしょうか。私は別にあなたに顔なんて貸したくないので、彼女だけ連れ帰っても？」

「誰が許すかこの腹黒王太子」

「あなたには言われたくありませんこの馬鹿力《ばかぢから》医師」

「って、ちょっと待ちなさいよ。あんた今、なんて言った？　彼女だけ連れ帰っても？」

実はダレンは、フェリシアからこう聞いている。シャンゼルでは常にヴェールをかぶり、誰もフェリシアの素顔《すがお》を知らないのだと。

全《すべ》ては平民になるための布石《ふせき》であり、それは婚約者であるウィリアムも知らないことだと。

なのに今、ウィリアムは。

「まさかあんた、本当は知って……？」

「そういうあなたも、どうしてフェリシアのことを知っているのでしょうね？」

やはりだ。ウィリアムはフェリシアの素顔を知っている。

ここにいる彼女が、フェリシア・エマーレンスだと知っている。

「お嬢さん」

「は、はい！」

「こちらの医師とは、知り合いで？」

「ええ、まあ」

「そういえば用事があると言っていたね。彼との？」

「そうですわ」

「どういった知り合いかな？」

フェリシアは思った。なんだろう、この尋問《じんもん》みたいなやりとりは。

「ダレンはその、私の師匠《ししょう》といいますか、第二の母といいますか」

笑顔で先を促《うなが》される。そこに言い知れない圧力を感じるのは気のせいか。

これは、答えないとあとが怖《こわ》いやつだ。直感で思った。

「私はその、薬師《くすし》見習いですの。ダレンからは薬草について色々と教わりました」

「へぇ、薬師か。それで師匠ね。じゃあ、第二の母というのは？」

「それは……私、幼い頃《ころ》に母を亡《な》くしているのですけど、ダレンはまるで母のように私を慈《いつく》しんでくれるので」

「なるほど。ごめんね、少し突っ込んだことを訊《き》いたかな」

「いいえ。もう昔のことですわ」

「でも、彼は〝母〟なんだね？」

「ええ。だって……」

「あん？　なんだ小僧《こぞう》、あたしが父に見えるってか？」

「このとおりですので」

何かを察したウィリアムが苦笑《くしょう》した。

「そ、それより、騎士《きし》様はどうしてここに？　どこかお怪我でもしたのですか？」

「まあ、そんなところかな。でも君と再会できるなんて、たまには怪我もしてみるものだね。ああそうだ。君の名前を教えてもらえたら、傷の痛みも吹《ふ》き飛ぶかもしれないな」

そのときダレンがぼそっと「本当は怪我なんかしてねぇくせに」と呟《つぶや》いたが、残念ながらウィリアムによって完全無視されている。

「ねぇ、名前は？　私はウィルというんだ」

フェリシアはハッと息を呑《の》んだ。

（それって、ウィリアムの愛称《あいしょう》、ですわよね？）

おいそれと呼べるわけがない。

でも、ウィリアムは期待のこもった眼差《まなざ》しでフェリシアを見つめてくる。これは間違《まちが》いなく、フェリシアが答えないと一歩も引いてくれなそうな雰囲気《ふんいき》だ。

「わ、私は、エマー……そう、エマですわ！」

「エマ？」

ヴェールで顔を隠《かく》していない今、本名を名乗るわけにはいかない。

「ええ。私は、エマと申します」

「エマね。かわいい名前だ」

優《やさ》しげな微笑《ほほえ》みを向けられて、その破《は》壊《かい》力にフェリシアは呻《うめ》いた。なんて美しい。

同時にまずいと思う。惚《ほ》れてはいけないのに、顔が好みというのは厄介《やっかい》だ。

早く追い返そう。そう決めた。

「では、怪我の手当てでしたわよね？　ダレン、ささっとやってあげて」

それはもう可及的速《かきゅうてきすみ》やかにお願いしたい。

「えー。そんなのやらなくてもいいわよぅ。だいたい、今日は表に休診《きゅうしん》の札をかけてたんですけどぉ」

「おや、とても医師とは思えない発言だ」

「あん？　だったら腹黒に効く薬でも処方してやろうかコラ」

「ダレン！　だから男の部分が出てるわっ」

「やあっだ！　んもう、じゃあかわいく唾《つば》でもつけて治してあげましょうねー。ぺぺっ」

「ダレン⁉」

フェリシアが悲鳴を上げる。

本人が隠しているとはいえ、王太子になんてことをするのだろう。この一瞬《いっしゅん》で、フェリシアは自分とダレンが不敬罪で断頭台まで上がる未来が見えてしまった。

「も、申し訳ありませんわ！　ダレンがとんだ失礼を……！」

「ああ、そんなに慌《あわ》てなくていいよ。君は何も悪くない。でもそうだね、今ので傷が悪化した気がするな。だからこうしようか」

気持ちは死刑《しけい》宣告を待つ罪人だ。いや、比喩《ひゆ》でもなんでもなく、これはまさに死刑宣告を言い渡《わた》される罪人である。フェリシアではなく、ダレンが、だけど。

「エマは薬師なんだよね？」

「み、見習いですが」

「では、エマが私に合う薬草を見繕《みつくろ》ってくれるかい？」

「え？」

「傷のことだけじゃなく、その日の私を見て、私の体調に即《そく》したものを処方してほしい。最近疲《つか》れることが多くてね」

「い、いけません！　そんなことっ」

「どうして？」

どうしてじゃない。決まっている。フェリシアにはまだ営業許可書がないからだ。

「私はまだ見習いですわ。ハーブなどを嗜好《しこう》品として楽しむ分の選別とかでしたら問題ありませんが、薬草《くすり》を処方するなんて」

「じゃあそれでいいよ」

「え？」

本日何度目かの意味不明である。さっきからウィリアムは、同じ言語を話しているとは思えないことばかり言ってくる。

ちなみに、乙女《おとめ》ゲームの世界だからか、この世界はどこも同じ言語を話す。

「私の体調を見て、いいと思ったハーブティーを馳走《ちそう》してくれるかい？　これは君にとってもいい勉強になるだろうし、私にとってもいい息抜《いきぬ》きになりそうだ。それでこの医師の無礼は許そう。私も貴族だからね、あそこまでされて黙《だま》っているわけにもいかないんだ」

それはそうだろう。貴族どころか王族である。王族に唾を吐《は》いた人間など、ダレンが最初で最後ではなかろうか。

「エマちゃん、そんな奴《やつ》の言うことなんて――」

「わかりましたわ！　その提案、ぜひとも引き受けさせていただきます」

フェリシアは悩《なや》まなかった。

むしろそんなことでいいのかと思うくらい、フェリシアたちに優しい条件である。

さすが人望厚い王太子は違《ちが》うわ、と感動していたフェリシアは、だから気づかない。ダレンがウィリアムのことを、散々〝腹黒〟と言っていた意味を。

「では決まりだね。その透《す》き通る緑の瞳《ひとみ》で、しっかりと私を見てほしい」

ウィリアムがフェリシアの髪《かみ》をすくいとる。流れるような仕草に反応できずにいたら、

「あなたの瞳に私が映る。この機会を逃《のが》せば、なかなか叶《かな》わないことだから」

そっと髪先に口づけられて、胸が勝手に高鳴った。


酷《ひど》い条件を呑まされた、とフェリシアが気づいたのは、翌日のことだった。

ウィリアムのことをしっかり見るようにと言われたが、それは無理な話なのだ。なぜなら。

（婚約破《こんやくは》棄《き》のために、ウィリアム殿下《でんか》に惚れるわけにはいかないからよ！）

もしそんなことをすれば、自分の中の何かが変わってしまうような気がして、フェリシアは

なんとなく怖かった。

（でも、断頭台を避《さ》けるためにはやむを得ないし……）

まさか乙女ゲームのシナリオ以外でそんな可能性が出てくるなんて、頭が痛いとはこのことである。

はぁ、と溜息《ためいき》をつく。

「なんだか元気がないね？　エマ」

小さな木製テーブルを挟《はさ》んで座っているウィリアムが、フェリシアの顔を覗《のぞ》き込もうとしてきた。

「いいえ！　そんなことありませんわよ？」

フェリシアは慌てて顔をそらす。

今日は、あの約束をしてから最初の対面日だった。

『手紙を出すよ。来られる日に』

前もってそれがわかるのは非常に助かるが、ダレンの許《もと》に手紙を出されても、自分の許に届くまで間に合わないかもしれない。そう思ったフェリシアは、焦《あせ》ってこう提案してしまった。

『では、ゼンに預けてください』

ゼンならフェリシアに直接届けられる。フェリシアはゼンを自分の友人だと紹介《しょうかい》すると、彼用の笛をウィリアムに渡した。

でもまさか、昨日の今日でお呼び出しがかかるとは思ってもみなかった。

「それにしても、おいしいねこのハーブティー。覚えのある味だ」

「それはカモミールティーですわ。リラックスしたいときに飲むとよいもので、定番のハーブティーでもありますの。とりあえず、昨日の今日では騎士様のこともよくわかりませんし、飲みやすいそれにしてみました」

「まあ確かに。これから知ってもらえればいいよ。今はまだ、ね」

ダレンの診療所《しんりょうじょ》の二階には、フェリシアとウィリアムしかいない。ダレンは一階で仕事をしている。

二階は住居スペースにあたるため、静かなものだった。窓の外は天気もよく、入り込む日差しが暖かい。

ウィリアムはハーブティーの効果なのか、とてもリラックスしたように椅子《いす》に背中を預けているけれど、フェリシアは逆だった。落ち着かない。どうしてこんなことになったのか。いまだに頭を悩ませている。

円満な婚約破棄のため、やらなければならないことがたくさんあるのに。

「エマは十七、八に見えるけど、そういえばいくつ？」

「え？」

考え事をしていたら、ウィリアムが穏《おだ》やかに訊《たず》ねてきた。

相変わらず彼の微笑みは美しい。変装のための眼鏡があろうと、それは露《つゆ》とも変わらない。むしろそれも含《ふく》めて有名な画家による絵画のようだ。

そして絵画のように、その笑《え》みには変化がない。

「十八ですわ」

「いつから薬師《くすし》になりたいと思ったの？」

「えっと、最近ですわね。もともと興味はありましたけど」

「へぇ。何かきっかけがあったのかな？」

「それは……」

まさか、平民になったとき用の収入源だとは言えない。この話をこれ以上続けるのはまずいと思ったフェリシアは、話題を変えようと無理やり話を終わらせる。

「色々と事情がありまして。それよりも、騎士《きし》様はどうなんです？　どうして騎士を？」

「その前にエマ、ウィルだよ。私は君に名前を教えたよね？　なのに呼んでもらえないのは寂《さび》しいな」

（うっ）

そう言って本当に寂しそうに微笑《ほほえ》むから、フェリシアの良心が痛む。

しばらく沈黙《ちんもく》が続いて、やがてフェリシアは諦《あきら》めた。

「ウィル様」

「様もいらない」

「ですが」

「ウィルだよ」

「…………ウィル」

「うん、なんだい？　エマ」

やめてほしい。そんな満面の笑みで、こちらを見ないでほしい。

「ウィル、は、どうして騎士を？」

「私はまあ、その道しかなかったからかな」

フェリシアは、このときなぜか直感した。今ウィリアムが言った理由は、たぶん王太子としての彼のことなのだろうと。

〝なぜ、王太子に？〟——その答えが、たぶんこれなのだ。

「……申し訳ありません。あまり訊《き》かれたくないお話だったでしょうか」

「どうしてだい？　そんなことはないし、そもそも君になら何を訊かれても構わないよ」

それはわざとなのか。わざと、そんな期待を持たせる言い方をしてくるのだろうか。

（いや期待って何よ。期待って）

フェリシアは顔を振《ふ》る。危ない。思考がよくない方向に傾《かたむ》いていた。

それからも、ウィリアムの質問は止まらなかった。前世で言うところのお見合いかというくらい、彼はフェリシアを質問攻《しつもんぜ》めにした。

好きな食べ物、嫌《きら》いな食べ物。好きなこと、嫌いなこと。休日は何をしているかだったり、最近あった嬉《うれ》しいことだったり。

訳がわからなかった。だって彼は、サラのことを好きになるはずなのに。

（そうだわ。まだ、好きの段階にまでいってないんだわ）

ゲームには、いくつかのイベントがある。あの舞踏《ぶとう》会もイベントの一つだった。

そのあとからは選択《せんたく》した攻略《こうりゃく》キャラによって、起こるイベントの内容も違ってくる。

確か、ウィリアムルートでは。

（一人ダンスの練習をしていたヒロインに、忙《いそが》しいウィリアムが付き合ってくれるんだったかしら。そのダンスのときのスチルがかっこよすぎて、妹が携帯《けいたい》で写真撮《と》りまくってたわね）

それから。

（聖女にも息抜《いきぬ》きは必要だからって、王宮内の湖でボートデート。ボートが揺《ゆ》れるハプニングが起きて、体勢を崩《くず》したヒロインをウィリアムが受け止めてくれるのよね。で、揺れが収まっても離《はな》れ難《がた》くてしばらく熱い抱擁《ほうよう》を続ける、と）

ウィリアムには婚約《こんやく》者がいるとわかっていても、それでもお互《たが》いにお互いを離せないあの切なさが最高なのだと、前世の妹は興奮していた。

（そして婚約破棄《はき》イベントの前の、最後のイベントでは……そう、確か、ヒロインがお忍《しの》びで街に出かけたとき、魔物《まもの》に襲《おそ》われるんだったわ。そこをウィリアムが助けに来てくれたら、もう攻略できたも同然。あとは悪役であるフェリシアに破棄を言い渡《わた》して大団円、のはず）

まだ序盤《じょばん》の今、ウィリアムはヒロインに好感を持っていても、好意までは寄せていないのかもしれない。

（それなら納得《なっとく》ね。確かウィリアムって、もともと甘い言葉を駆使《くし》して世渡《よわた》りするキャラだったし）

よし、だんだん冷静になってきた。と、フェリシアは意識を現実に戻《もど》した。

戻した直後に。

「あ、やっと戻ってきたね」

「!?」

なぜか、ものすごい至近距離《きょり》にイケメンのご尊顔があった。

「どんなに呼びかけても返事がないから、どうしたのかと思ったよ。考え事？」

「っも、しわけ、ありません」

あまりに近すぎて、話すたびにこちらの息が相手にかかってしまいそうで、極力息を止めながら返す。

「謝らないで。それより、何を考えていたの？」

「騎士、さまに」

「ウィル」

「……ウィル、に、話すほどの、ことでは」

「ふうん。まあ、まだ焦る必要はないか。ところで――」

ウィリアムが離れてくれる。ほっと全身の力を抜《ぬ》く。抜いたのがいけなかった。

――ぐううう。

ウィリアムの話を遮《さえぎ》るように、盛大にお腹《なか》の虫が鳴った。誰《だれ》の、なんて野暮《やぼ》である。指摘《してき》される前に、すでにフェリシアの顔は真っ赤に染まっていた。

「っふふ。うん、よかった。私もちょうど、そろそろお昼だねって言おうとしたんだ」

「……そうですわね」

もしこのとき、ここにトリッキーがあったら、フェリシアは勢い余って口にしていたかもしれない。

お昼休憩《きゅうけい》に入ったダレンとともに、三人は二階のダイニングで食卓《しょくたく》を囲んだ。

むしろ昼食のために帰るのだろうと思ったウィリアムは、なぜかまだ居座っている。

「ほらエマちゃん、もっとお肉を食べなさい、お肉を」

「それはさすがに盛りすぎじゃないかい、ダレン殿《どの》」

そうして、今日もこの二人は険悪だ。

「あらやだぁ、なんかうるさいコバエがいるわぁ。どこのどいつのせいでエマちゃんが痩《や》せてると思ってるのかしらねぇ。ね、エマちゃん」

「そ、そうね……？」

こっちに振らないで、と視線で訴《うった》えてみる。

「コバエのことは放《ほう》っておいて、これは鶏肉《とりにく》のハーブ焼きよ。ローズマリーとセージでくさみを消してるし、脂肪《しぼう》分も取り除いたから、比較的《ひかくてき》食べやすいと思うの。小さく切って、ゆっくり食べるのよぅ。胃がびっくりしちゃうから」

「ええ、ありがとうダレン」

世話焼きの彼にお礼を言って、フェリシアは言われたとおりゆっくりと咀嚼《そしゃく》した。最近はほぼ草食なので、お肉は久しぶりである。

そろそろ限界かと思っていた身体《からだ》に、鶏肉の栄養がずっしりと蓄《たくわ》えられる。温かいスープは優《やさ》しく胃を満たした。

「おいしい……」

「でしょでしょぉ～。パンもあるわよぅ」

「いただくわ」

フェリシアは周りの目も気にせず、黙々《もくもく》と食べ続けた。彼女のモットーは、食べられるときに食べておく、である。これがきょうだいたちとの激戦の末に生まれたモットーであることは、言うまでもない。

「ダレン殿」

反対に食事の手を止めたのは、ウィリアムだ。彼は熊《くま》でさえたじろぎそうな微笑みで、

「あとでちょっといいかな。男同士、腹を割って話したいことがあるんだ」

そう言って、ダレンが頷《うなず》くまでじーっと視線を外さない。そこで面倒《めんどう》そうな気配を察知したダレンは「うげぇ」と舌を出す。

が、それで見逃《みのが》してくれるような相手なら、まだかわいげがあっただろう。

諦めたダレンは、今日は厄日《やくび》だわぁと遠い目をしたとか。

あれからフェリシアは、フェリシアとエマの二重生活を送っている。

あまり頻繁《ひんぱん》にエマにはなれないが、〝ウィル〟からのお呼び出しがあったときだけは、必ずダレンの診療所《しんりょうじょ》に赴《おもむ》いた。

といっても、ウィリアムはフェリシアより忙しい身だ。ウィリアムの予定が空く時間は、フェリシアの予定もほぼほぼ空いている。抜け出すことに苦労はなかった。

そしてある日、気づいたのだ。

〝フェリシア〟は、ウィリアムと円満な婚約破棄《こんやくはき》を目指して、いかにも無害な婚約者を演じなければならないけれど。

〝エマ〟は、特に何を演じる必要もないのだと。エマは自由だ。エマがウィルに何を言って何をしたところで、シナリオには関《かか》わらない。

それに気づいてからは、フェリシアは肩《かた》の荷《に》が下りた思いだった。

そして、暴走した。

『ウィル、ウィル！　見てくださいませ、タンポポが咲《さ》いてますわ』

『本当だね。エマが植えたんじゃないの？』

『自生です。なんて素晴《すば》らしいのかしら！　そうね、この子はポポちゃんにしましょう。ポポちゃんはですね、根を乾燥《かんそう》させて香《こう》ばしくなるまで炒《い》ると、コーヒーのような風味になるんですよ。他《ほか》にも目のケアや利尿《りにょう》作用、あと生活習慣に関連した病気の予防に効くと伝わっていますの。ああ、これは今後が楽しみだわ』

というように、我を忘れて土いじりに励《はげ》んでしまった。それだけじゃなく、ウィリアムまで巻き込んでしまった。だって、彼が「興味があるんだ」と言うから。

実際ウィリアムは、フェリシアがどれだけ暴走しても嫌《いや》な顔一つしなかった。微笑《ほほえ》ましそうにフェリシアを見つめてくるだけだ。それが、少しだけくすぐったくて。

しかも興味があるというのは本当のことなのか、彼は王宮内にある彼曰《いわ》くの雑草広場の野草を持ってきては、フェリシアにこれは何かと訊《たず》ねてくる。フェリシアにしてみれば、そこは雑草広場でもなんでもなく、素晴らしい宝の眠《ねむ》る場所だと言いたい。なのに誰も知らない場所だというから、今度密《ひそ》かに覗《のぞ》きに行こうと思っている。

とにもかくにも、ウィリアムはフェリシアの土いじりを嫌悪《けんお》するどころか、一緒《いっしょ》になって楽しんでくれたのだ。さすが、人望厚い王太子である。心が広い。

他にも。

『ウィル！　ティリーに触《さわ》らないで！』

いきなり声を荒《あら》げたフェリシアに、彼は無礼だと怒《おこ》りもせず、ただ黙《だま》って両手を上げた。

むしろその冷静な対応に、怒鳴《どな》ったフェリシアのほうが我に返って狼狽《うろた》えたものだ。

『申し訳ありません！　ですがあの、ティリーには刺《とげ》がありまして、触《ふ》れると赤く腫《は》れたり発《ほっ》疹《しん》が出るのです。だから……』

『エマ』

『は、はい！　罰《ばつ》でしたらなんなりと。何も説明していなかったのに、急に怒鳴ったりして申し訳ありませんでしたわ』

『そうじゃなくて、ティリーの名前を教えてくれる？　私はまだ覚えられていないから』

『え……？　でもあの、怒らないのでして？』

『どうして？　君は私を守ってくれたのに』

本気で彼が神様に見えた瞬間《しゅんかん》である。ちなみにティリーというのは、ネトルというハーブのことだ。

とにかくそんな調子なものだから、フェリシアはウィリアムという人間に好感を持ち始めていた。好意ではない。決して好意ではないと、大切なことなので内心で二回繰《く》り返す。

人々が彼を慕《した》う理由を、フェリシアはエマとして目《ま》の当たりにした。

だから、どうしても重ならない。ゲームの中の彼と。

ゲームの中のウィリアムは、決して優しいだけの王太子ではないからだ。

（そもそも優しいだけの王太子なら、私はこんなに苦労してないわ……）

フェリシアは自室のソファでうなだれた。

今日はライラがいる。でもそのライラも、一日いてくれたことはない。夕方ぐらいに来て、フェリシアの様子を見たらすぐに帰っていく。まるで祖国にいた頃《ころ》の、監視《かんし》目的で来ていた兄の護衛騎士《きし》たちのように。

（殿下《でんか》がわからなすぎて怖《こわ》いわ。だってゲームではかなり鬼畜《きちく》な性格してたわよね？　そう言ってたわよね前世の私の妹！）

具体的に何がどう鬼畜なのかは知らないが、とりあえず邪魔者《フェリシア》を婚約破棄後に殺すという行動は、どう考えてもやばい奴《やつ》だ。それとも、彼にその選択肢《せんたくし》を選ばせるほど、ゲームの中のフェリシアがやばかったのか。

（とにかく、平民になるための準備は着々と進んでるわ。許可書に関してはダレンが任せてって言ってくれたし、販路《はんろ》についてもダレンの口利《くちき》きとかで目星はついてるし）

問題は、婚約破棄のほうだった。平民になるための準備にばかりかまけてしまい、フェリシアは今、サラがどこまでウィリアムを攻略《こうりゃく》しているのかを知らないのだ。

聖女の人気は日に日に増している。

その聖女と王太子の仲睦《なかむつ》まじい噂《うわさ》だって、聞かなくても耳に入ってくる。

「ねぇ、ライラ」

「はい。なんでしょう、王女殿下」

「ちょっと教えてほしいのだけど、サラ様はお元気かしら？」

「どうしてそのようなことを？」

「少し気になっただけよ。だって聖女様って大変なのでしょう？　知らない方でもないから、心配もするわ」

これは本心も混ざっている。なるべく二人の邪魔《じゃま》をしないよう避《さ》けてはいるけれど、サラ自身が嫌《きら》いなわけじゃない。

ライラは探《さぐ》るようにフェリシアを見つめたあと、さらっと言った。

「聖女様はお元気です。先日も、湖でボートを楽しまれたそうです」

「ボート!?」

フェリシアは思わず立ち上がっていた。

（まずいわ。もうそこまで来ていたの？　婚約破棄イベントまで、あと一つじゃないの！）

なのにまだ、フェリシアは婚約破棄の準備を完璧《かんぺき》に整えられていない。

（これは急がないとまずいかしら）

急いで許可書を取って、家を見つけて、あとは何をすればいいだろう。

（かなり申し訳ないけど、少しダレンを急《せ》かさなきゃ。あと、家の下見も早めましょう）

なんなら今から行くのでも構わない。それくらいの行動力を発揮しないと、到底《とうてい》間に合わないような気がしてきた。

（そうね、それがいいわ。どうせこのあと用事もないし、ライラもすぐに出ていくだろうし）

と思ったが、こういうときに限ってライラは一向に出ていかない。

焦《じ》れたフェリシアは、ついに決断した。

（撒《ま》こう）

ツカツカと扉《とびら》まで歩いていく。

「王女殿下、どちらに？」

ライラから声をかけられ、扉の取っ手に手をかけたフェリシアは、わざとらしくにっこりと微笑むと。

「ちょっと野暮《やぼ》用《よう》よ」

パタン。部屋を出た瞬間に走り出した。背後では予想どおりライラが追いかけてくる音がする。気にせず最初の角を右に曲がった。

ここは城の中でも王族の居住区にあたるので、日中はあまり人がいない。曲がってすぐに、フェリシアはカーテンの裏に隠《かく》れた。

ライラの足音が近づいて、遠ざかっていく。

しばらく耳を澄《す》ましていると、やがて何も聞こえなくなった。

フェリシアは慎重《しんちょう》に廊下《ろうか》の様子を窺《うかが》って、人がいないことを確認《かくにん》してから出ようとしたが。

「……アの部屋で……イドが盗《ぬす》みを……たって？」

「はい。もともと部屋に……ので、殿下は気づいてな……です。……イラが気づ……とか」

ライラのものではない、男性二人の声が聞こえてきた。そのうちの一人を、フェリシアはすぐに当ててしまう。

（ウィリアム殿下！）

なぜ、彼がこんなところに。という疑問は一瞬《いっしゅん》だ。

フェリシアが部屋を飛び出して、右に曲がった角。あそこは左にも曲がれる道がある。そして左に曲がった先は、聖女サラが滞在《たいざい》する塔《とう》に繋《つな》がっている。彼の行き先なんてそこしかない。

本当はこのあと、フェリシアはまた自分の部屋に戻《もど》り、いつもどおり窓から城を抜《ぬ》ける予定だった。しかしこの状況《じょうきょう》では出て行きにくい。万が一にも変な疑いをかけられたくないからだ。

（とにかく息を殺して……。お願い。〝ウィリアム《あなた》〟には会いたくないのよ。だからさっさと通ってちょうだい、殿下）

彼さえ通り過ぎたら、すぐにでも部屋に戻ろう。そうしてやはり、城を抜け出そう。期《き》せずして二人の仲がいいことを再確認したのだから――だって彼はきっとサラに会いに行こうとしている――諸々《もろもろ》の準備を前倒《まえだお》しにしなければ。

――ズキ。

彼とサラの笑い合う姿を想像して少しだけ胸が痛んだなんて、きっと気のせいだ。

「どう……す、殿下」

「……るもない。そのまま泳がせておけばいいよ」

「よろしいのですか？」

「ああ」

だんだんと声がはっきりしてきた。比例してフェリシアの鼓動《こどう》が速くなる。

より一層隠れようと、さらに窓に貼《は》りついた。外からはフェリシアが丸見えかもしれないが、ここは二階だ、人物を特定されることはないだろう。

「ただ、彼女に危害を加えるようなら、容赦《ようしゃ》なく捕《つか》まえて私の前に連れてきてくれ。それ以外のことならあとからまとめて追及《ついきゅう》するから構わなくていい」

「了解《りょうかい》しました」

会話を聞いて、フェリシアの手が徐々《じょじょ》に震《ふる》え出す。

今のウィリアムの声は、ウィルとは似ても似つかなかった。ウィルが春のひだまりのような声を持つなら、今のウィリアムは冬の日陰《ひかげ》のように冷たい声だ。顔なんて見えるはずもないのに、きっと彼が変わらない笑《え》みを浮《う》かべているだろうことが想像できてしまう。

それが、余計に怖かった。

（やっぱり殿下は、優《やさ》しいだけの王太子ではないんだわ）

そもそも、それだけでは国は治められない。フェリシアも十分理解している。しているからこそ、王という人間がどこまでも冷酷《れいこく》になれることも知っている。

（〝彼女〟って、たぶんサラ様のことよね？）

きっと誰《だれ》かがサラに危害を加えようとしたら、容赦なく処刑《しょけい》するとかそういうことだろう。サラは聖女だ。ウィリアムにとっては私的にも、公的にも、大切な人である。

そしてその〝誰か〟は、フェリシアである可能性も大いにありえるのだ。

（むしろ私だと思ってそう……！　絶対そんなことしませんわ！　しませんから冤罪《えんざい》だけはやめてくださいね⁉）

フェリシアが打ち震えている間に、二人の会話は進んでいく。

その声は、もう目の前と言っていいほど近づいていた。

「それと、グランカルスト王からの手紙についてはどうしますか？」

その瞬間《しゅんかん》、フェリシアは「え……」と目を見開いた。

「放《ほう》っておきたいところだけど、どうせもうこちらの返事など待たずに来ているだろうね、あの王は。念のため出迎《でむか》えの準備と部屋の確保をしておいてくれ」

「かしこまりました」

「フェリシアには――」

カーテンが揺《ゆ》れた。この動揺《どうよう》を隠せなかった。

それを、ウィリアムが目敏《めざと》く見つけてしまう。

「誰だ」

ウィリアムの冷たい声が耳に刺《さ》さって、側近らしき男にカーテンをバサリと開けられる。

「フェリシア？」

「あ……でん、か」

さすがのウィリアムも予想外だったのか、一瞬だけ彼の笑顔が固まった。

しかし次にはもう、彼はいつものように微笑《ほほえ》んでいて。

「フェリシア。そんなところで、何をしているんです？」

答えなきゃと思うのに、色々なことが重なって口が動かない。

一番衝撃《しょうげき》を受けているのは、グランカルスト王――兄がここに来るかもしれないということ。

「殿下《でんか》、本当なのですか。兄が……グランカルスト王が、ここに来るって」

「……ちょうどいい。少し話をしましょうか。あなたの部屋を訪ねても？」

ためらいのあとに頷《うなず》いた。フェリシアとしても、詳《くわ》しく話を聞いておきたかったから。

場所を移動すると、フェリシアはウィリアムを部屋の中へと招き入れる。

侍女《じじょ》やメイドは来ないけれど、フェリシアは毎日掃除《そうじ》をかかさない。隅々《すみずみ》まで丁寧《ていねい》に汚《よご》れを退治している。やっておいてよかったと、このとき心の底から思った。

でなければ、使用人からいじめられている女として、少しだけ惨《みじ》めな思いをしたかもしれない。普段《ふだん》のフェリシアなら気にしないが、このときはなぜか、それが気になった。

「驚《おどろ》いた。綺麗《きれい》なものだね」

「え？」

「いえ、なんでもないですよ。それより、何か不自由なことはありませんか？　この国に来てからそれなりに経《た》つのに、そういえばあなたからは何も聞いたことがないなと思いまして」

「いえ、特に不自由はしてませんわ」

「……そう」

フェリシアは、ウィリアムに二人がけのソファを勧《すす》める。彼の側近はその斜《なな》め後ろを陣取《じんど》った。

この部屋に侍女もメイドもいないことを、二人の男性は何も問わない。

フェリシアは自ら紅茶を淹《い》れると、ウィリアムの前にそっと置いた。

「ありがとう。それで、さっきは隠れんぼでもしていたんですか？」

「そんなところですわ。それより、先ほどのお話について詳しく教えてくださいませ」

ウィリアムが困ったように眉尻《まゆじり》を下げる。その表情は、ついさっきあんなに冷たい声を発していた人間とは思えないほどだ。

「これはまだ確定ではないんです。だから情報を止めていました。実は、あなたの兄君が、この国に視察に来たいと手紙を出してきましてね」

「視察ですって？　アイゼンお兄様が？　ありえませんわ」

フェリシアは即答《そくとう》する。こう言ってはなんだが、グランカルストにとってシャンゼルとは小《かく》国《した》なのである。あの合理的な兄が興味を持つとは思えない。

「お兄様のことですもの。絶対他《ほか》に何か企《たくら》んでるに決まってますわ。お断りしましょう」

「もしかして、兄君とは仲が悪いとか？」

ウィリアムが苦笑《くしょう》しながらカップを手に取る。

「隠《かく》す必要もございませんから申し上げますが、とても悪いですわ」

「そう、とてもですか」

すると、そのカップが小刻みに震え出した。もしかして、笑われているのだろうか。

「それは気の毒に。いや、いっそ嬉《うれ》しいような……ふふ」

「で、殿下？」

「失礼。とりあえず、私もあなたの兄君とは二度ほど会ったことがありますけど、行くと言ったら来る人でしょうし、婚約《こんやく》者であるあなたの兄君でもあるから、断れそうにありません。一《いっ》緒《しょ》に迎《むか》えてくれませんか？」

「……殿下がお決めになったのでしたら」

「ふふ、本当に嫌《いや》そうですね」

「そんなこともありますわ」

兄から受けた嫌がらせは忘れていない。この婚約だってそうだ。兄が最後にこんな嫌がらせを仕《し》掛《か》けなければ、あるいはフェリシアはここまで四苦八苦しなくて済んだかもしれない。

それでも、祖国から遠く離《はな》れたここなら、もう二度と兄たちに会うことはないと思っていた。

それが視察に来るだなんて。これまでの経験から裏を読みたくなるのは仕方ない。

ハッとした。

（まさかお兄様、サラ様と殿下の噂《うわさ》を……？）

聞いたのだろうか。いや、でも、遠い国のことだ。そこまで噂が届くだろうか。

と思ったが、いい例が目の前にいることに気がついた。

（確か殿下の噂は、普通《ふつう》に届いてたわね……！）

となると、やはり噂を聞いたのか。それで妹――ひいては国が蔑《ないがし》ろにされていると思って抗《こう》議《ぎ》に来るつもりなのだろうか。

(いいえ、それは絶対にないわ。というよりは、私が婚約破棄《こんやくはき》されて、国に戻《もど》ってくるかもしれないことに嫌悪《けんお》を示すような人よ)

自分で思って、妙《みょう》にすんなりと納得《なっとく》する。きっとそうだ。兄は、フェリシアが戻ってこないよう画策しようとしているのだ。

では、回避《かいひ》するために、兄は何をするつもりなのか。

(私と殿下をくっつけようとするわね。合理的なお兄様なら、きっと私自身の魅力《みりょく》よりも、私を娶《めと》ることで得られる利益について説きそうだわ)

そんなのたまったものではない。フェリシアは円満な婚約破棄を望んでいるのに。

すでにサラへと気持ちが傾《かたむ》いているであろうウィリアムにとって、大国の王からの圧力は鬱《うっ》陶《とう》しい以外の何ものでもないだろう。

そのせいでデッドエンドなんて、本気で笑えない。

「殿下！」

「うん？」

「お兄様は、わたくしが案内いたします。殿下はお忙《いそが》しい身ですもの。兄のことで煩《わずら》わせたくありませんわ。どうぞ、わたくしにお任せくださいませ」

なんとかして二人を引き離さなければ。兄には何も実行させてはならない。

「殿下が心配なさることは何もございません。わたくし、ちゃんと兄を説き伏《ふ》せておきますわね。もし何か勘違《かんちが》いをしていたら、その性根《しょうね》ごと修正しておきますから」

バンッと胸を張る。しかし。

「大丈夫《だいじょうぶ》ですよ、私も一緒に接待しますから。あなた一人に押しつけたりなんかしない。たまには私を頼《たよ》ってください」

「で、ですがほら、殿下は聖女様のことでお忙しいでしょうし……」

「それくらい問題ありません」

「でもあの、お兄様は一癖《ひとくせ》も二癖もある人でして、非常に面倒《めんどう》くさい人ですし……」

「ええ、知ってます。だから余計に、ね」

「でも……その……」

「大丈夫。共に乗り切りましょう」

キラッキラの微笑みを向けられて、フェリシアはついに言い訳を失った。〝共に〟が嫌だから遠慮《えんりょ》してるんですわ！　とは、さすがに言う勇気がない。

どうしてこうなった。どうして食い下がる。

フェリシアは、ウィリアムの代わり映《ば》えしない微笑みを見ながら、愕然《がくぜん》とするしかなかった。

　ウィリアムの話に夜通し頭を悩《なや》ませたフェリシアは、次の日、もちろん寝不足《ねぶそく》となっていた。

　ベッドから上体を起こし、はぁと頭を抱《かか》える。自分の死をいかに回避するか考えるだけでも大変なのに、まさかそこに兄の問題が加わるとは。

（離れられてすっかり油断してたけど、ほんと、ろくなことしてくれないわねお兄様は）

　これならまだ最近は何もしてこない姉や妹のほうがマシである。

（とにかく、お兄様が来る前になんとしてでも準備を進めなきゃ。どうせお兄様が来たら暇《ひま》な時間も減ってしまうでしょうし）

　というわけで、フェリシアはさっそく城を抜《ぬ》け出した。それにもともと、今日はウィルが来る日でもある。彼が来るのはお昼頃《ごろ》だから、その前に家の下見に行こうと早めに出た。

　ダレンの診療所《しんりょうじょ》はあとで行くとして、先にお目当ての場所に向かう。

　実は少し前に、フェリシアは希望に近い物件をすでに見つけていたのだ。ただもう少し他《ほか》も吟味《ぎんみ》してみたかったから、まだその物件に決定はしていなかった。しかし状況《じょうきょう》が変わり、悠長《ゆうちょう》なことも言っていられなくなったので、一足先に下見に来た次第《しだい》である。

　場所は王都で最も賑《にぎ》わうマレ区から少し離れた、商業施設《しせつ》と住宅がほどよく交わるレスカン区。ダレンの診療所からは、徒歩数十分といったところか。

「確かこのあたりのはず……」

　先にもらっていた地図と周辺を交互《こうご》に見ながら、フェリシアは目的の物件を探す。

しかし手作りであろうその地図は、なかなかに大雑把《おおざっぱ》だった。土地勘《とちかん》のないフェリシアには難しいくらいの。

(誰《だれ》かに訊《き》いたほうが早そうね)

人見知りするタイプでもない彼女は、さっさとそう判断し、近くを歩く人たちに訊《たず》ねて回る。が、どうやらこの地図、土地勘が多少あっても解読できないらしい。誰だこれを描《か》いたのは、と少しだけイラッとする。

(でもさすがにお店の人なら詳《くわ》しいわよね?)

そこでフェリシアが目をつけたのは、店で働く店員だ。ここで働いている人間なら、土地勘だって多少以上にあるに違《ちが》いない。

最初に見つけたのは宿屋だった。秤《はかり》に葡萄《ぶどう》がのった鉄の標章が吊《つ》るされている。中から何人かの声が漏《も》れ聞こえているので、営業しているのだろう。

フェリシアは迷わず入っていった。前世の記憶《きおく》が蘇《よみがえ》ってからというもの、普通のお姫様《ひめさま》なら躊躇《ちゅうちょ》するようなことも、フェリシアは難なくやってしまう。それが時に危険だという概念《がいねん》も、平和だった前世が忘れさせてしまうのだ。

中には数人の男たちがいた。ここはよくある食堂兼《けん》宿屋なのだろう。たくさんの木製テーブルが並び、男たちはそのうちの二つを囲んで楽しく酒を飲んでいたらしい。

しかしフェリシアの登場で、その視線が一気に入口に集まる。朝からこんな場所に一人で来る女というのは、それだけで目立つ存在なのだ。

　フェリシアはそれらを華麗《かれい》に無視し、店員を探した。けれど、探したその先で、信じられないものを見つけてしまう。

「……エマ？」

「え、ウィル!?」

　相手も相当驚《おどろ》いたのか、思わず椅子《いす》から立ち上がっている。

「お？　なんだなんだ、トーマスの知り合いか？」

　すると、ウィリアムと同じテーブルにいる三人のうちの一人が、赤ら顔で言った。三人ともすでに酒で出来上がっているのか、一様に顔が赤い。

「もしかしてあれかぁ？　トーマスのコレか」

　別の一人が小指を立てる。最後の一人はヒューッと口笛まで鳴らした。正直に言えば、ガラが悪い。完全なる酔《よ》っ払《ぱら》いだ。

「トーマスも隅《すみ》に置けねぇな！　おまえ、そういう人はいねぇって言ってたわりにはちゃっかり捕《つか》まえてんじゃねぇか」

「本当だよ。くそっ、この裏切り者め！」

「ははっ。おまえはまだしも、俺はトーマスなら絶対いると思ってたけどね～」

「なんだって!?」

男たちが勝手に盛り上がっている。ぽかんとするフェリシアだったが、その彼女を隠《かく》すようにウィリアムが彼女と男たちの間に入ってきた。

「残念ながら違うんだ。俺の片想《かたおも》いでね。何度か口説いてはいるんだけど、全敗中かな」

ぎょっとした。いきなり何を言うのかと。それだけでなく、トーマスとか、一人称《いちにんしょう》が変わっているとか、片想いとか。意味がわからないことばかりである。

「マジかよ、こんな色男を振《ふ》る女がいんの!? すげぇな嬢《じょう》ちゃん!」

「トーマスでも満足できないってこと!?」

「うわぁ。なんかそれ、俺も彼女のこと落としてみたくなってきた。これ、あとから絶対自慢《じまん》できるやつじゃん」

一人がそう言うと、ウィリアムは三人に気づかれないようフェリシアの手をぎゅっと握《にぎ》ってくる。これにもまた、フェリシアは戸惑《とまど》いを隠せない。

「ダメだよ。さっきも言ったけど、彼女は俺が口説いてる最中なんだ。横取りはいけないよ。ね？」

ウィリアムが薄《うす》く笑う。それだけでこの場の温度が二度ほど下がった気がする。男たちが冷や汗《あせ》を垂らしたのは見間違《みまちが》いではないだろう。

「それに彼女、とっても恥《は》ずかしがり屋なんだ。素直《すなお》じゃないだけで、たぶん本当は俺のこと気にしてくれてるみたいでね。だからこんなところまで追いかけて来ちゃったのかな」

「え、ちが……」

「というわけで、もう手《て》遅《おく》れだから、ちょっかい出さないでね？」

「おお……トーマスがここまでやるとか……」

「完全に牽制《けんせい》されてるよ、俺たち」

「原因は俺か！　ははっ。よかったなお嬢さん、そこまで想ってもらえて」

「え⁉　ですから違うんで――」

「じゃあ俺は彼女を送ってくるから、話はまた今度聞かせてくれるかい？」

「おーいいぜ」

「んじゃまた来いよな！」

「今度は彼女も連れてきていいぞー」

「連れてこないから。はい、代金は置いておくよ。それじゃ」

ウィリアムに手を引っ張られ、フェリシアもあとに続く。店の外に出ると、清々《すがすが》しい朝の空気が鼻を通った。あそこは思ったよりも酒の臭《にお》いが充満《じゅうまん》していたらしい。

「ウィル、あの、手を」

掴《つか》まれたまま、無言でどこかへと連れられていく。

その無言が怖《こわ》かった。彼はウィリアムのときも、フェリシアの前では優《やさ》しい態度ばかりだったから。

少しして、建物と建物の間にある陰《かげ》で、ようやくウィリアムが立ち止まった。

「エマ、なんであんなところにいたの」

問いかける彼の声は、聞いたことがないくらい無機質だった。

「その、道を訊ねようと思いまして」

嘘《うそ》ではない。実際フェリシアは、解読不能な地図を読んでもらうため、あの宿屋に入ったのだ。

「道を？　迷ったの？」

「ええ。そんなところですわ」

すると、彼の声に柔《やわ》らかさが戻《もど》った。春のひだまりのような、あの温かい声に戻っている。

「そっか。それなら仕方ないけど、もう二度とああいう場所に一人で入らないで。彼らはまだ悪ふざけがすぎるだけだからいいけど、なかにはもっとガラの悪い連中だっている。私がいなかったら、あいつらだって今頃《いまごろ》君のこと……」

「ウィ、ウィルっ⁉」

言って、ウィリアムが突然《とつぜん》肩《かた》に頭を乗せてきた。首に彼の髪《かみ》がかする。くすぐったい。

「本当によかった、あの場所にいて。君が他《ほか》の男に触《さわ》られたらと思うと……」

「あの、ウィルっ。本当にどうしましたの。様子がおかしいわっ」

「そうかな？　いつもどおりだけど」

「どこがですか！　だってこんな……とりあえずちょっと離《はな》れてもらえません⁉」

「んー、どうしようかな。もうちょっとこうしてたいんだけど。――あ」

「無理です！　早く離れてください！　それとなんですか、『あ』って」

　フェリシアは混乱していた。いまだかつてこれほどウィリアムとの距離《きょり》が近かったことはない。首には彼の柔らかい髪があたるし、肩には彼の温《ぬく》もりがじんわりと伝わってくる。平常心なんて無理である。だというのに。

「いや、エマの匂《にお》いがすると思って」

「～っっ⁉」

　ウィリアムの不用意な発言によって、フェリシアは限界を超《こ》えた。

「ウィルのバカっ‼」

　無理やりウィリアムから逃《のが》れると、フェリシアは彼を置いて陰から飛び出す。そのままダレンの診療所《しんりょうじょ》へと歩き始めた。怒《いか》りで一歩一歩が荒《あら》くなるのは仕方ない。

　あれは完全にウィリアムが悪い。彼のほうこそ悪ふざけが過ぎる。

「エマ、待って。ごめんって」

「知りませんついて来ないでください！　ってなんで笑ってますの！」

「ああ、ごめん。悪い意味じゃないんだ。ただ、楽しくて」

「……楽しくて？」

フェリシアの足が止まる。ついでに目が据《す》わった。

「うん。だって君が色々な表情を見せてくれるから。怒《おこ》ったり、笑ったり、照れたり、拗《す》ねたり。君の色んな顔を見ているとね、私は心が落ち着くんだよ」

それはどういう意味だろう。笑っている顔ならまだしも、怒っている顔を見て心を落ち着かせてもらっても困るのだが。

「誤解しないで。これも、悪い意味じゃない。私が自由にできない分、君にはありのままでいてほしいと思うから。それだけのことだよ」

そう言った彼が、どこか寂《さび》しそうに見えたから。

だから、フェリシアの怒りがしぼんでいく。

彼女は知っていた。王太子であるウィリアムが、自由に感情を表に出してはいけないことを。王女であるフェリシアも同じはずなのに、彼のそれは徹底《てってい》されている。それほどの重責を担《にな》っていると、彼自身が自覚している何よりの証拠《しょうこ》だ。

そんな人にそんなことを言われては、これ以上怒るわけにもいかなかった。

「……ウィルは、いつもあんなことを？」

「あんなことって？」

「ですからその、朝からお酒を飲んだり？」

嗜《たしな》む程度ならわかるけれど、浴びるほど飲むくらい、ストレスが溜《た》まっているのだろうか。

「もしかしてエマ、勘違《かんちが》いしてるね？　いや、あの場面を見れば誰《だれ》だってそうなるか……。君には誤解されたくないから言うけど、私は一滴《いってき》も飲んでないよ」

「え？　そうでしたの？」

「私は彼らから情報をもらっていたんだ」

「情報？」

「そう。ここレスカン区は王都の中でも一番早く情報が回る。商業地区があるからね。一緒《いっしょ》にいた彼らはそれぞれ商人だよ。あの宿屋は商人たちの御用達《ごようたし》みたいなところでね。たまにああやって酒を奢《おご》る代わりに、情報をもらってるんだ」

　フェリシアは今度は別の意味で困惑《こんわく》した。どうして彼がわざわざそんなことをしているのか、本気でわからなかったからだ。

「でもウィルは騎士《きし》様でしょう？　商人の方が持つ情報って、何か役に立ちますの？」

　彼の本来の身分を知っている上で、フェリシアはそう訊《たず》ねた。たとえ王太子でも、商人が持つ情報なんてそこまで重要ではないだろうと思う。

「それが、結構役に立つんだ。彼らは行商だから、各地で様々な情報を仕入れてきてくれてね。たとえば南で魔物《まもの》が活発になっているだとか、たとえば隣国《りんごく》の鉄輸入が増えただとか」

「それが重要な情報なのですか？」

「魔物については説明するまでもないと思うけど、隣国の鉄については、たとえばそこからこんなことが予想できる。鉄は武器の元だから、武器を大量に蓄《たくわ》えようとしているのかなって。じゃあどうして武器を蓄える必要がある？　国内で反乱が起きるかもしれないからか。それとも他国に戦争を仕掛《しか》ける準備をしているからか」

「まさか！」

「可能性の話だよ。どんな話であれ、それは何かに繋《つな》がっている。私はそれが知りたいんだ」

「でも、どうしてウィルが、わざわざご自分で？」

王太子の、彼が。たとえ騎士だとしても、一介《いっかい》の騎士が。どちらにしても、おかしな話だ。

不思議そうに小首を傾《かし》げるフェリシアに、ウィリアムは「ふふ」と微笑《ほほえ》むと。

「私の趣味《しゅみ》みたいなものだよ。自分で動いたほうが単純に把握《はあく》しやすいというのと、上が支離《しり》滅裂《めつれつ》な命令を下せば、困るのは下だろう？　それで統制が乱れては、できることもできなくなる。ただ椅子《いす》に座って報告を聞くだけでは、現場のことなんて何もわからないからね」

そう話すウィリアムは、間違《まちが》いなく次期国王の顔だった。彼は、下のことも見てくれる、みんなと同じ目線で考えてくれる国王だ。

それが、どれほど貴重な存在か。

「……ウィルは、隊長でしたのね」

「まあ、そんなところかな」

この日、この瞬間《しゅんかん》の彼の笑顔《えがお》が、今までで一番輝《かがや》いて見えた。

「わかりましたわ。ちなみに訊《き》きますけれど、このあとお仕事は？」

「？　エマと会ったあとに戻るつもりだけど」

「訊いた私が言うのも変ですが、仕事中毒《ワーカーホリック》じゃありませんの。まあいいですわ。ウィルは先にダレンのところに行っててください」

「いや、一緒に行くよ。道に迷ったんでしょう？」

　そこを衝《つ》かれると痛い。が。

「それは大丈夫《だいじょうぶ》ですわ。ダレンの診療所ならわかりますし、私は買い忘れたものを買いに行くだけですから。その店も通い慣れたところですので、心配いりません」

　渋《しぶ》るウィリアムの背中を強引《ごういん》に押す。彼は何度も振《ふ》り返ってきたけれど、フェリシアは大丈夫だと言わんばかりに頷《うなず》いた。

　納得《なっとく》はしていなかったようだけど、彼も諦《あきら》めたのか、やっと先に行ってくれる。その後ろ姿を見送って、フェリシアはくるりと背を向けた。

　向かうのは、彼にも言った通い慣れた店だ。そこにはフェリシアが育てていないハーブも売られている。

（だって、約束したものね）

　何を買うか頭の中に浮《う》かべながら、フェリシアの足はいつのまにか小走りになっていた。

ダレンの診療所に着くと、フェリシアは裏口から入ってそのまま二階へと上がっていった。

それはダレンも承知済みで、だからこそ裏口の鍵《かぎ》が開いている。

彼女はウィリアムがいるであろうダイニングには行かずに、先にキッチンへと足を運ばせる。買ってきたレモングラス、オレンジピール、ローズヒップのドライハーブを並べて、そこに自分で育てているローズマリーを加えた。オリジナルブレンドティーだ。温めていたポットに混ぜたそれらを入れ、お湯をそそぐ。それを蒸《む》らしたものをティーカップに淹《い》れて、仕上げにはちみつを垂らした。

そして、ウィリアムの待つダイニングへと向かう。

「お待たせしましたわ、ウィル」

彼はちゃんとフェリシアを待っていてくれた。力ない微笑みを浮かべて。

「本当に。君を待つのは心臓に悪い。あれから何もなかった？　誰かに絡《から》まれたり」

「私に絡む奇特《きとく》な方なんていないと思いますけど」

「それを本心で言ってるから心配なんだけどね」

嘆息《たんそく》するウィリアムの前に、フェリシアは淹れたハーブティーを置く。

「今日は、私のオリジナルティーですわ」

「エマの？」

「はい。今日のウィルを見て、これしかないと思ったんです。楽しそうに仕事をするあなたは輝いて見えましたわ。だから頑張《がんば》ってほしいけど、いつか倒《たお》れないか心配にもなりました。なので、ほっとひと息つきながら、同時に元気にもなれるものがいいと思いまして」

「そう……エマが……」

「このあともお仕事なんでしょう？　これを飲んで頑張ってくださいませ。飲みやすいようにはちみつも入れましたから」

「うん、ちゃんといただくよ。いただくんだけど……これは思った以上に……」

とか言いながら、ウィリアムは一向にカップに手をつけない。それどころか手で口元を覆《おお》い顔を背《そむ》けている。まるで飲みたくないと拒絶《きょぜつ》しているようで、フェリシアは不安になった。

「あの、何かお気に召《め》しませんでしたか？　もしかしてはちみつが余分でした？　それとも何か苦手なものでも……あ、ちなみに入れたのは、ローズヒップとローズマリー、オレンジピールにレモングラスですわ。苦手なものはどれですか？　ああ、もちろん毒なんて入れてませんわよ」

　自分のオリジナルティーを人に出したのは初めてで、それが余計に不安を煽《あお》る。

　それでも自分なりに考えて、今の彼にどんなものを飲んでほしいか、真剣《しんけん》に悩《なや》んで淹れたものだ。それを拒絶されるのは、思ったよりも悲しかった。

　でもどうして悲しいのか、フェリシアにはわからない。いや、わかろうと深く考えることを、彼女は無意識に放棄《ほうき》した。

　すると何を思ったか、ウィリアムがフェリシアの両手を優《やさ》しく取る。

「ごめんねエマ、すぐに反応できなくて。苦手なものなんてないよ。飲みやすいように入れてくれたはちみつも嬉《うれ》しい。……ただ、私も自分の感情に驚《おどろ》いていて」

　ウィリアムは、取ったフェリシアの両手の甲《こう》に、自分の額をくっつけた。それはまるで、耳まで赤くなっている彼の顔を隠《かく》すようで。

「ほんと、敵《かな》わないなぁ」

「あの、ウィルっ？　これはちょっと」

「逃《に》げないで。もう少しだけこのまま。それがダメなら抱《だ》きしめないといけなくなるけど」

「いえ、ダメじゃないです！　じゃないですから、どうぞこのままで！」

　ただでさえ心臓が四方八方に暴れて死んでしまいそうなのに、抱きしめられたらもう終わりだ。本気で息の根が止まる予感がする。

　なんだ。なんだ。なんなんだ。なんで今日の彼は、こんなに甘いのか。

「はぁ、勘弁《かんべん》して……」

　互《たが》いにぽそりと呟《つぶや》いた声が、まさかハモるとは思わなかった二人である。

第三章 ✣ お兄様はやっぱり意地悪でした

フェリシアは、非常に困っていた。どれくらい困っているかというと、丹精《たんせい》して育てた薬草が天災により全滅《ぜんめつ》しかけたときと同じくらい困っていた。

元凶《げんきょう》は明白である。乙女《おとめ》ゲームのメインヒーローにしてフェリシアの婚約《こんやく》者、ウィリアムだ。

先日彼と街で会ったとき、フェリシアは彼の意外な一面を知ってしまった。彼は生まれ持つ権力に胡坐《あぐら》をかくでもなく、国のために日々尽力《じんりょく》していたのだ。その姿に、フェリシアは自然と彼を応援《おうえん》していて。

何か力になりたいと思った。でも。

（いくらなんでもやりすぎたわ……）

どうしてオリジナルのハーブティーなんか淹れてしまったのだろう。そういう約束だったとはいえ、そこまでする必要はなかった。無難にローズヒップだけとか、有名どころを淹れるだけでよかった。そうすれば、あんなことにはならなかったかもしれない。

（今でもまだ、感触《かんしょく》が残ってるわ）

自分の手を見下ろす。

気にしてはダメなのに。目で追ってはいけないのに。

あの日から、ウィリアムの顔が頭から離《はな》れない。

(こんな調子じゃダメだわ。気を引き締《し》めないと。それに今日は、お兄様が来るんだから)

色んな意味で活を入れたフェリシアは、嫌《きら》いな兄を迎《むか》えるべく大広間《ホール》へと向かったのだった。

大広間にはすでにウィリアムがいて、フェリシアの姿を見つけると、彼はいつもの微笑《ほほえ》みをさらに深める。今まではただかっこいいとしか思わなかったその笑《え》みに、今日はドキッと心が跳《は》ねた。

それがなぜか、微妙《びみよう》に悔《くや》しい。

「こんにちは、フェリシア。あなたと会うのは久しぶりですね。だからでしょうか、もしかして私、睨《にら》まれてますか?」

久しぶりなのはフェリシアが避《さ》けていたからだ。物語の邪魔者《じやまもの》がそう頻繁《ひんぱん》に〝ウィリアム〟と会うわけにはいかないだろう。

だからこれについて、彼に非はない。ないが、先日のことがあり、フェリシアは素直《すなお》になれなかった。

「あら、睨むだなんて。ヴェールでわからないのに言いがかりはやめていただきたいですわ」

不機嫌《ふきげん》も露《あら》わにそう言えば、ウィリアムは苦笑《くしよう》しながら両肩《りようかた》を上げる。

そのとき、王宮のアプローチに数台の馬車が到着《とうちゃく》した。意外にもそれらは一国の王を乗せているとは思えないほど地味なものだ。

けれどそこから降りてきた人物は、王に相応《ふさわ》しい華美《かび》な装《よそお》いで、威風堂々《いふうどうどう》とやってくる。

ウィリアムが一歩前に出た。

「お久しぶりです、義兄上《あにうえ》。このたびは遠いところからわざわざ足を運んでいただきありがとうございます。また、国王就任、おめでとうございます」

「ああ、久しぶりだな、ウィリアム殿《どの》。祝福の言葉、ありがたく受け取ろう。しかし余は忙《いそが》しい。その余をこのように引っ張り出すとは、そなたはなかなか根性《こんじょう》があるな？」

「とんでもない。勝手に出てきたの間違《まちが》いでは？」

フェリシアは目をぱちくりと瞬《またた》かせる。予想外の展開が目の前で広がっている。どういうわけか知らないが、ウィリアムとアイゼンの間で火花が散っているように見える。

「で？ 余の愚妹《ぐまい》はどこにいる」

アイゼンの視線とぶつかって、フェリシアはゆっくりと一礼した。

「お久しぶりですわ、お兄様。まさかもう一度お兄様に会えるとは思ってもいなかったので、またお会いできて嬉しいです」

「ふん、嫌味《いやみ》を言いおって。まあよい。そんなことよりフェリシア、そのヴェールは……」

「おおお兄様！ 長旅でお疲《つか》れですわよね？ お疲れですわよね！ ささ、わたくしがお部屋までご案内しますわ」

フェリシアは慌《あわ》てて兄の言葉を遮《さえぎ》ると、その腕《うで》に自分のものを絡《から》めた。祖国の慣習だと偽《いつわ》ったヴェールの真実を、こんなところで明かされるわけにはいかないからだ。

妹のこれまでにない行動に、アイゼンは訝《いぶか》しむような視線を向けてくる。

が、振《ふ》り払《はら》われると思った腕は、意外にも外されなかった。他国にいる今、仲のいいきょうだいを演じるつもりなのだろうか。

兄の思惑《おもわく》はわからないが、とりあえずフェリシアは、ウィリアムにアイコンタクトを送る。

案内は任せて、という意味を込めて。なのに。

「私も一緒《いっしょ》にご案内します。こちらへどうぞ、義兄上」

彼はいつもの微笑みを崩《くず》さず、フェリシアの合図を丸無視した。

(どうしてですの⁉ これじゃお兄様に口止めもできないじゃない!)

と、思ったが。そもそも互いのアイコンタクトを理解し合えるほど〝ウィリアム〟との仲が良好なわけではないことに思い至る。

(仕方ないわ。だったら隙《すき》を見て、お兄様と二人きりになるしかないわね)

そのときにでも兄の思惑を暴《あば》いてやろう。そう心に決めると、フェリシアは兄の腕を引っ張った。

道中、フェリシアは両手に花というより毒花状態で、ウィリアムとアイゼンに挟《はさ》まれた。ア

イゼンは仕方ないが、どうしてウィリアムはアイゼン側を歩かないのだろうと、素朴《そぼく》な疑問に包まれる。

正直に言えば、鬱陶《うっとう》しい。なぜなら二人がフェリシアを挟んで会話をするから。

「我が国はどうです？　グランカルストに比べると小さいですが、自然豊かで、人々にも活気があったでしょう？」

「確かに、小さいわりには活気があった。しかし面白《おもしろ》いことに、みな口を揃《そろ》えて『聖女様が』と話しておったな。しかも余の聞き間違いか、その聖女はこの国の王太子と恋仲《こいなか》だとか」

「ああ、大変だ。どうやら義兄上は、長旅で耳を患《わずら》ってしまったようですね。腕のいい医師を呼びましょうか。女装趣味《しゅみ》の馬鹿力《ばかぢから》ですが、腕はいいですよ、腕は」

火花再び、である。

「いや、それには及《およ》ばない。つい最近、自国の医師に健康のお墨付《すみつ》きをもらっていてな。ありがたいことに平均よりも状態は良いらしい。さて、では余の耳は、事実しか拾わないわけだが――フェリシア」

突然《とつぜん》名前を呼ばれて、フェリシアはアイゼンを見上げた。

「ここの暮らしはどうだ？　余が思ったより、ここは田舎くさそうだ」

「まあ、お兄様ったら。そんなことを言って、わたくしの気持ちを探《さぐ》ろうとしないでくださいませ。心配なさらずとも国には帰りませんわよ、わたくし」

だからどうか余計なことを言うな、帰れ、今すぐ帰れ、と念を送るフェリシアである。ウィリアムに余計な圧力をかけないよう、絡めた手で兄の腕をぎゅううと握《にぎ》った。

「なるほど。どうやら愚妹はよほど寂《さび》しかったと見える。こんなふうに甘えてくるなど、初めてのことではないか？」

くく、とアイゼンが喉奥《のどおく》で笑う。

決してフェリシアが甘えているわけではないとわかっていながら意地悪を言うなんて、相変わらず性根《しょうね》が曲がっているようである。ヴェール越《ご》しに睨みつけてやった。そんな自分たちを、ウィリアムがじっと見つめていることには気づかずに。

そうこうしているうちに、予定の客室へと辿《たど》り着く。

後ろから無言でついてきていた侍従《じじゅう》の一人が扉《とびら》を開けると、三人は中に入った。造りはフェリシアの部屋と変わらない。応接室があって、その隣《となり》に寝室《しんしつ》がある。ただこちらのほうが、フェリシアの部屋よりもシックで落ち着いた内装だ。

「それでは義兄上、晩餐《ばんさん》会まではゆっくりお過ごしください。我が国の陛下も、そのときにお会いできるとのことです。さあフェリシア、行きましょう」

「え」

ウィリアムに促《うなが》されて、フェリシアは思わず動きを止めた。彼女としてはこのまま部屋に残り、兄と諸々《もろもろ》の話をつける算段だったのだ。

忙しいウィリアムがすぐに退室するだろうことも、もちろん織り込み済みだった。

だから、断るなら簡単なのだ。フェリシアはそれ用の言い訳も考えていたのだから。たとえば「久しぶりにきょうだい水入らずで話がしたい」とか。

でも、それを口から出せなかったのは、退室を促すウィリアムが、いつにも増して真剣《しんけん》な目をしていたから。

表情は変わらない。笑みが貼《は》りついている。なのに、目だけが違《ちが》う。笑っていない。まるで懇願《こんがん》されているように錯覚《さっかく》する。一緒に行こう、と。

その瞳《ひとみ》から視線をそらせず、フェリシアが無意識に手を伸《の》ばしかけたとき。

「お取り込み中失礼いたします」

いつか見たウィリアムの側近が、慌てた様子で入ってきた。

「殿下《でんか》、少々お耳に入れたいことが……」

緊迫《きんぱく》した様子を隠《かく》さない側近に、ウィリアムが頷《うなず》いて耳を貸す。

伸ばしかけたフェリシアの手は、行き場を失って宙を彷徨《さまよ》う。しかし、すぐに自分の無意識の行動に気づいたフェリシアは、急いでその手を引っ込めた。信じられなかった。自分の行動が。

「――それは本当か？」

「はい。……ので今、……聖女さ……おります」

「わか……、私も……く」

潜《ひそ》められた声の中に、〝聖女〟という単語を拾《ひろ》ってぴくりと反応する。何かあったのだろうか。

会話を終えたウィリアムが、くるりとこちらに向き直った。

「フェリシア。やはりここは、きょうだい水入らずでゆっくりしていてください。私は少し用事ができてしまいましたので、先に失礼します」

アイゼンにも退室の挨拶《あいさつ》をすると、ウィリアムは本当に出て行ってしまった。さっきの瞳に映った懇願など、フェリシアの勘違《かんちが》いだとでも言うように。

ウィリアムが言わなくても、フェリシアは残るつもりだった。同じ言い訳を使って。

なのにウィリアムに言われたそれに、どうしてか素直《すなお》に従えない自分がいる。

「お兄様、申し訳ありませんが、少し待っていてくださいませ」

早口で告げると、フェリシアは急いでウィリアムを追った。

追ってどうするのかは、何も考えていない。でも身体《からだ》が勝手に動くのだ。聞こえた〝聖女〟という言葉が耳の裏にこびりついている。

心にあるのは、たぶん、焦燥《しょうそう》だ。

「それで、状況《じょうきょう》は」

廊下《ろうか》には数人の騎士《きし》たちもいた。

「人の被害《ひがい》はありません。出没《しゅつぼつ》した場所が森であったことが幸いし、建物などの被害もありません」

「食い止めているのは？」

「第二騎士団第一小隊です」

「第二小隊も向かわせよう。動物に憑いた瘴気《まもの》は聖女にも浄化《じょうか》できない。聖女が到着《とうちゃく》する前に片をつけてくれ。彼女には、あたりに残った瘴気《しょうき》を浄化させる」

「了解《りょうかい》しました」

命《めい》を受けた騎士たちが走り去っていく。とても口を挟める空気ではない。

どうしようか迷っていると、ウィリアムが側近と話す声が聞こえてきた。

「サラはできると思うかい？」

「きっとやっていただけると信じております」

「ああ、そうだね。でもこういうとき、つくづく思うよ。いかに我々が無力なのか」

「殿下……」

そのとき彼が浮《う》かべたのは、紛《まぎ》れもなく嘲笑《ちょうしょう》だった。何もできない自分に嫌気《いやけ》が差しているような。

それを見て、フェリシアはたまらず声をかけてしまった。

「殿下、あの」

何を話せばいいのかなんて、何も思いついてないくせに。何ができるわけでもないくせに。

「いったい、どうされましたの……？」

酷《ひど》い惚《とぼ》け方だと思った。会話を聞いて、魔物《まもの》が出たことはわかっているのに。何もできない自分が出しゃばっていい問題ではないだろうに。

「フェリシア？　それはこちらのセリフです。どうしました、義兄上《あにうえ》との話はよかったのですか？」

「大丈夫《だいじょうぶ》ですわ。お兄様とはあとでいくらでも話せますもの。それよりも今は殿下のほうが……その、大変そうだから」

「もしかして、私の心配をしてくれているんですか？　これは嬉《うれ》しいな」

「そっ、いう、わけでは」

咄嗟《とっさ》に否定したのは、捻《ひね》くれた性格のせいだろう。だから本当は、彼の言うとおり心配していた。だってそれが、何もできないフェリシアが唯一《ゆいいつ》できることだったから。

「大丈夫ですよ、フェリシア。あなたの心配が杞憂《きゆう》に終わるよう、すぐに終わらせて帰ってきますから。晩餐会《ばんさんかい》ではいかに私たちの仲が良好か、義兄上に見せつけないといけませんしね」

「え？」

ウィリアムが柔《やわ》らかく目を細める。それは、いつもの絵画のような笑《え》みとは、どこか違って見えた。

そのまま近寄ってくる彼を、フェリシアはただただ見守る。頭の中はさっきの彼の言葉でいっぱいだった。

――〝義兄上に見せつけないといけませんしね〟

それはどういう意味なのか。

素直に受け取るなら、彼はフェリシアとの婚約《こんやく》を続けたいと思ってくれているということか。

それとも、兄からの面倒《めんどう》な押し売りを予想して、それを回避《かいひ》するためにこの場を凌《しの》ごうとしているのか。

意味を量りかねていると、目の前まで来たウィリアムが、ヴェール越しにフェリシアの頰《ほほ》をそっと撫《な》でる。

「そのために、私の名前を呼ぶ練習をして待っていてください。私も、そろそろ遠慮《えんりょ》するのをやめましょう」

「えん、りょ？」

「はい。私はね、自分の性格が悪いほうだと自覚しているんです。口調が砕《くだ》けると、一緒《いっしょ》に遠慮もなくなってしまう。でも私の勘《かん》が正しければ――そろそろ、大丈夫だよね？」

――ドクンッ。

挑発《ちょうはつ》的な瞳に見つめられて、心臓が勝手に加速する。急に身体が熱を帯び始める。何もかもを見透《みす》かされているようで、自分を捉《とら》える紫《むらさき》の瞳から、逃《に》げたいのに逃げられない。

くす、と笑う気配が落ちてきた。

ウィリアムはフェリシアの頬をもうひと撫ですると、満足したように身を翻《ひるがえ》す。

そのあとを側近が続いて、やがて彼らの姿が見えなくなった。

見えなくなるまで、フェリシアはずっとそこにいた。見えなくなっても、フェリシアはそこから動けなかった。

彼が触《ふ》れたところに手を重ねて、脳裏《のうり》にさっきの彼を映し出す。

「こんなの、ずるいわ……」

ヴェールが顔を隠してくれていてよかったと、今日ほど思ったことはない。

結局、晩餐《ばんさん》会になってもウィリアムは帰ってこなかった。

国王と王妃《おうひ》、アイゼンとフェリシアの四人だけの晩餐会だ。何を話したかなんて覚えていなくて、頭にあったのは、ウィリアムのことばかりだった。

彼の無事を、ずっと祈《いの》っている。

そうして晩餐会が終わると、フェリシアはぼーっとしたまま自室に戻《もど》ろうとした。そこをアイゼンに引き止められる。

「フェリシア、話がある」

敵とも言える兄に呼び止められたことで、フェリシアはやっと我に返った。頬を叩《たた》いて気を引き締《し》める。

今日はライラがまだ控《ひか》えてくれていて、連れ立ってアイゼンの部屋に入ろうとしたが。

「侍《じ》女《じょ》は置いておけ」

アイゼンから禁止される。

互《たが》いに異性とはいえ、二人は血の繋《つな》がったきょうだいだ。それにフェリシアも、他《ほか》に聞かれたくない話がしたかった。

「わかりましたわ。ライラ、外で待っててくれる？　もしくは先に休んでていいわ」

「……では、扉《とびら》の外に控えております」

なんと、珍《めずら》しいこともあるものだ。ああ言えばてっきり帰ると思ったのだが。

ライラが部屋を出るとき、一緒にアイゼンの騎士や侍従《じじゅう》も出ていく。

フェリシアは、さっそく兄を問い質《ただ》した。

「それで、お兄様？　わざわざこんな遠い国にまでいらっしゃった、本当の目的はなんですの？」

「は、二人になった途《と》端《たん》これか。かわいげのない」

「褒《ほ》め言葉として受け取っておきますわ」

「逆に余も訊《き》きたいが、なぜそなたはそんなものを着けている？　しかも、嘘までついて」

どうやらその件はバレているらしい。思わず舌打ちしそうになって、なんとか飲み込んだ。

「別になんでもいいではありませんの。あの美貌《びぼう》の隣《となり》に立つには、少し自信がなかっただけですわ。そんなことより、わたくしの質問に答えてくださいませ。まさか本当に視察に来たわけではありませんわよね？」

「いいや、視察だ」

「お兄様」

「余はそなたと違《ちが》い、嘘《うそ》などついていない。現地に赴き、実際の様子を見極めようとしているだけだ。間違《まちが》いなく視察だろう？」

「実際の様子？　なんのですか」

「さあな」

　ダメだこれは。フェリシアは思った。この調子の兄は、いくら粘《ねば》っても答えなどくれない。

「わかりましたわ。とりあえず余計なことさえしなければ、こちらとしては問題ありません」

「ほう。余計なこととは？」

「ウィリアム殿下《でんか》に必要以上に近づかないでくださいませ」

　これだけ聞くと、フェリシアは意地悪な兄から婚約者を守ろうとする、優《やさ》しく勇敢《ゆうかん》なパートナーである。

　しかし内情は、円満な婚約破棄《こんやくはき》のための処置だ。

　もちろんアイゼンは前者の意味で捉えた。

「これは驚《おどろ》いた。そなたは余と同じ、合理的な人間だと思っていたんだがな」

「……どういう意味ですの？」

「叶《かな》わぬ恋《こい》に、身を焦《こ》がすタイプではあるまい」

「……！」

衝撃《しょうげき》だった。何よりも、叶わぬ恋という言葉が。

確かにフェリシアは、叶わない恋に自ら突《つ》っ込んでいくタイプではない。叶わないとわかったら、いっそ身を引くタイプだ。

でもそれは、遠慮とか、そういうことではなく。

叶わない恋なんてしたってしょうがないじゃないかと、そう思ってしまうタイプだから。

どこか冷めているのだろう、人として。わかっている。〝愛〟というものを恐《おそ》れているとも言える。

だってフェリシアは、愛がどういうものかも知らずに育ったから。それは前世でも。

だからフェリシアが記憶《きおく》を取り戻してまず思ったのは、婚約者《ウィリアム》を振《ふ》り向かせようとか、婚約者《ウィリアム》は渡《わた》さないとか、そういうことではなかった。

死ぬのが嫌《いや》だからと大義名分を掲《かか》げて、彼を愛すること自体から逃げた。その証拠《しょうこ》に、サラがウィリアムを選ばなかった場合のことを、フェリシアは深く考えなかった。

たぶん、サラがウィリアムを選ばなくても、婚約破棄に向けては動いていたかもしれない。

気づきたくなかった。気づかせないでほしかった。

そんな自分が、叶わない恋をしてしまったのだと。

それをどうして、よりにもよって、兄が。

簡単には認められない。

「お兄様は、随分《ずいぶん》と不思議なことを仰《おっしゃ》いますのね。それではまるでわたくしが殿下を慕《した》っているように聞こえますわ。そんなわけ――」

「なぜ否定する？　実際惚《ほ》れたくせに。この面食《めんく》いが」

チッ、となぜか舌打ちされる。意味がわからない。もともとこの縁談《えんだん》を持ってきたのは兄のくせに、さすがに酷《ひど》くないだろうか。面食いと決めつけるところも酷い。

おかげで、想《おも》いを自覚した羞恥《しゅうち》も、切なさも、全《すべ》てが霧散《むさん》した。

「まさか余の想定以上のあの腹黒に、本気で惚れていたとは。てっきり泣き暮らしていると思っていたんだがな」

聞き捨てならないセリフが聞こえた。それはなにか。もしかして、泣き暮らしているフェリシアをわざわざ見に来たということなのか。だとしたら。

「お兄様のほうがよっぽど真っ黒ですわよ!?　というか普通《ふつう》に性格悪いですわ！」

「余が？　あの男より？　ないな」

「ありますわよ！　殿下はお兄様みたいにわたくしの趣味《しゅみ》にケチをつけてきませんし、人の一《いっ》張羅《ちょうら》を破いたりしませんし、みんなの前でお茶をかけたりもしません！」

「当然だ。それをしていいのは余だけだからな」

「なっ……はい⁉」

あなたもダメに決まってるでしょう！　と叫《さけ》びたいのをなんとか堪《こら》える。いや、やっぱり堪える必要はなかったかもしれない。

「お兄様……前々から思ってはおりましたが、いい加減、決着をつけましょう」

「決着？　なんのだ」

「嫌がらせのですわよ！」

他に何があるというのだ。今までは母の身分のせいだと諦《あきら》め、面倒《めんどう》だからと放置していた。が、遠く離《はな》れた他国にまでやってくるなんて、もう常軌《じょうき》を逸《いっ》している。どんだけ異母妹《いもうと》をいじめないと気が済まないのだ。暇《ひま》なのか。

「お兄様は、わたくしの何が気に入らないのです？　この際全部仰って」

「そうだな。鈍感《どんかん》なところが」

「他には？」

「特にない」

「ないのでして⁉」

信じられない。たったそれだけの理由で、今まで数々の嫌がらせを受けてきたただなんて。

「……お兄様」

「なんだ」

「もうさっさとお国に帰ってくださいませ!! 明日にでも、すぐにっ！」

これは怒《おこ》っていいだろう。逆に怒らない奴《やつ》がいたら教えてほしい。

「はっ、なぜ余がそなたの意見など聞かなくてはならんのだ。却下《きゃっか》」

「お忙《いそが》しいですわよね!?」

「それはもう。本当はこんな小国に来ている暇などないくらいに」

「だったら帰ってはいかが!?」

「うるさい。二度言わせるな。余はまだ帰らん」

結局フェリシアは、頑固《がんこ》な兄の説得に失敗し、憤慨《ふんがい》しながら自室に戻《もど》ったのだった。


一度寝《ね》て、目覚めても、フェリシアの怒《いか》りは収まらなかった。

朝日が顔をのぞかせたばかりの空の下、黙々《もくもく》と野草を摘《つ》む。半分だけ夜を残す今、あたりは静けさに包まれていた。

（とにかく、お兄様を即刻《そっこく》帰国させないと……！）

ナズナ、ツクシ、ハルジオンにノゲシ。どれも食べられる野草が籠《かご》の中に入っている。このあとのフェリシアの朝食である。

王宮内にあるこの雑草広場について、フェリシアはウィルとの会話で知っていた。

植物に興味があると言った彼は、たまにここから気になったものを持ってきてはフェリシアになんの植物かと訊いてくる。

さすがのフェリシアも、植物全てを知っているわけではない。だというのに彼が持ってくるものは、フェリシアのよく知る薬草や食べられる野草ばかりだった。

だからフェリシアは、怪《あや》しまれない範囲《はんい》でその場所を聞き出していたのだ。彼女にとっては宝の眠《ねむ》る場所だったから。

それからというもの、底を尽《つ》きた非常食のかわりに、フェリシアは喜んでここの野草を食べている。

（ああもうっ、本当に頭にくるわ！　寝ても忘れられなかったことなんて初めてよ！　なんで……なんでああも簡単に暴《あば》くのかしらね、お兄様は！）

腹立たしいのは、自分の想いをアイゼンに気づかされてしまったこと。

たったひと言だ。たったひと言、アイゼンが「叶わぬ恋」と言ったときに。

理解してしまった。ああこれが、叶わぬ恋なのかと。

無意識のうちに気づかないようにしていたのに、兄は気づかぬふりを許してはくれなかった。

おかげでフェリシアは、またもや寝《ね》不《ぶ》足《そく》だ。

（これ以上余計なことをさせないためにも、絶対に帰国させてやるわ！）

今さら想いに気づいたところで、すでに手《て》遅《おく》れだとわかっている。サラがウィリアムを選んだ以上、二人はきっと結ばれるのだから。

フェリシアは立ち上がった。野草を摘んだ籠を持って、今日はそのまま部屋に戻る。いつもなら、なぜか都合よく近くにある手洗い場と竈《かまど》を使って、フェリシアはそこで食事を済ませるのだが。

今日はなんだか食べる気をなくしてしまった。意地の悪い兄のことを考えていたからだろうか。

モヤモヤとした気持ちのまま、フェリシアは自分の部屋の扉《とびら》の取っ手に手をかけた。開けて

――すぐさま閉める。首を捻《ひね》った。

（……あら？　おかしいわね。なんか今、ウィリアム殿下《でんか》の幻《まぼろし》が見えた気がするわ。でも私の部屋よね？　ここ）

周りを見回す。人一人いない静かな廊下《ろうか》だ。左は行き止まりで、右には有名画家が描《えが》いたという風景画がずらりと壁《かべ》を飾《かざ》っている。

（んん？　じゃあここ、やっぱり私の部屋よね？）

もう一度開けてみる。今度は目と鼻の先に幻が立っていた。

「おはよう、フェリシア」

「殿下!?　え、本物!?」

「本物だよ。確かめてみる？」

そう言って両手を広げて見せるウィリアムから、フェリシアは咄嗟《とっさ》に逃《に》げた。

「……フェリシア？」

人の笑《え》顔《がお》が怖《こわ》いと思ったのは、これで何度目だろう。その全てがウィリアムのものなので、きっとこれが彼の怒り方なのだと理解する。

「お、おはようございます、殿下。あの、どうしてここに？　ここはわたくしの部屋だと記《き》憶《おく》しているのですが」

「そうだね、ここは君の部屋だよ。でも、婚約《こんやく》者の部屋を訪ねて悪いことでも？」

そんなに堂々と言われると自信をなくしそうになるが、その婚約者の許しもなく部屋に入るのはさすがにダメではないだろうか。ついじとっと睨《にら》みつけてしまった。朝もヴェールを着けていてよかったと心底思う。

「お言葉ですが、いくら殿下といえど勝手に入られては困りますわ。わたくしにもプライバシーというものが……」

「けどライラが入れてくれたよ？」

「はい!?」

奥を覗《のぞ》けば、なぜかいつもはいるはずのない侍女《じじょ》がいる。彼女が朝から来るなんてどういう風の吹《ふ》き回しだ。

というより。

「ライラ、どうしてわたくしの許可なく入れたの？」

そう、それだ。フェリシアが寝室《しんしつ》にいなかったことくらい、すぐにわかっただろうに。

「王太子殿下に脅迫《きょうはく》されましたので」

「殿下！」

ライラは悪くなかった。悪い奴は目の前にいた。

「人聞きが悪いね。私はただ、入れてくれないと給料に響《ひび》くよ、って言っただけだよ？」

「脅《おど》してますわね間違《まちが》いなく！」

そして悲しいのが、侍女の現金なこと。いや、ライラだけでなく、ここの侍女やメイドにフェリシアへの忠義などあるはずもない。今さらそれを責めるのは、お門違《かどちが》いのような気もした。

落ち着くためにひと呼吸すると、フェリシアは常の笑みを保つウィリアムをひたと見据《みす》えた。

「それで、こんな朝からどうされましたの？　昨夜は結局晩餐《ばんさん》会にもいらっしゃいませんでしたし、殿下はお忙しいのでしょう？」

「これは参った。もしかして、拗《す》ねてるの？」

「違います」

どうしてそうなる。拗ねてなんかいない。はずだ。

自信がないのは、自覚したくないものを自覚してしまったせいだろうか。

「昨日の晩餐会については謝るよ。行けなくてごめんね。思ったより手こずってしまって」

それを聞いて、フェリシアはハッとなった。

彼が晩餐会に来なかったのは、魔物《まもの》退治に出向いていたからだ。

「それは……大丈夫《だいじょうぶ》でしたの？」

「ああ。みんな軽傷で、魔物も討伐《とうばつ》できた。サラも初めてにしては綺麗《きれい》に浄化《じょうか》してくれたよ」

「違いますわ。それももちろん気になりますけれど、殿下は大丈夫でしたの？　お怪我《けが》は？」

フェリシアが訊《たず》ねると、なぜかウィリアムの笑顔が固まった。衝撃《しょうげき》を受けているような。

それを悪いほうに勘違《かんちが》いしたフェリシアは、声に少しの焦《あせ》りを滲《にじ》ませる。

「殿下？　まさか、本当にどこかお怪我を？」

思わず具合を確かめようと、一歩彼に近づいた。

しかしそれを彼自身の手が止める。手のひらを突《つ》き出すように向けられて、おまけに顔も背《そむ》けられた。

拒絶《きょぜつ》、されたのだろうか。心が抉《えぐ》られたような痛みに襲《おそ》われる。

フェリシアは一歩、また一歩と後ろに下がった。

「申し訳、ありませんわ。少し、馴《な》れ馴れしかったでしょうか」

「いや、大丈夫。今のは君が悪いんじゃなくて、私の問題だから。怪我もないよ」

そう言ったウィリアムは、もういつもと同じ笑みに戻っている。

でもフェリシアは、いつものようになんてできなくて。いつもより、声が震《ふる》えないよう気を遣《つか》った。

彼と、距離《きょり》を取ったまま。

「殿下が……いえ、殿下もご無事で、安心いたしました」

「心配してくれてありがとう。それで、君のほうはどうだい？　ちゃんとできた？」

「晩餐会でしたら、当たり障《さわ》りなく」

「そっちじゃなくて、私の名前。練習しておくように言ったよね？」

「え？」

名前？　と間抜《まぬ》けな声が出る。練習とは、いったい。

「義兄《あに》上《うえ》に私たちの関係を見せつけるために、私の名前を呼ぶ練習をしておくように言ったはずだよ。もちろんばっちりだよね？」

ばっちりじゃない。

（そんなこと、すっかり忘れてたわ……！）

そもそもが、そんな小細工があの兄に通じるのだろうか。フェリシアの秘《ひ》めた想《おも》いを呆気《あっけ》なく見破った、あの兄に。

即席《そくせき》の関係など、一発で看破されそうである。

「殿下、そのことですけど、別に呼び方を変えても変えなくても、お兄様は何とも思わないと思いますわ」

「つまり、練習しなかったんだね？」

「い、いやですわ、まさかそんな、おほほ」

「じゃあさっそく私の名前を呼んでみようか。……気づいてる？　私は今日、最初から砕《くだ》けた口調で君と接しているだろう？　私のほうは準備万全《ばんぜん》なのに、まさか君のほうが裏切るなんて酷《ひど》い話だと思わない？」

「裏切るってそんな……大げさでは？」

「そうかな？」

「そうですわよ――ってなんでじりじりとこちらに近づいてきますの⁉」

「だって君が離《はな》れていくから」

とかなんとか言う間にも、じっくりねっとり距離を詰《つ》められている。彼がこの状況《じょうきょう》を楽しんでいるのは間違いない。口角が片方だけ上がっている。

「はいフェリシア、ウィリアムだよ。もしくはウィル」

「ウィリアム殿下」

「ウィリアム」

「殿下《でんか》」

「……もしかして、喧嘩《けんか》売ってる？」

フェリシアは明後日《あさって》の方を向いた。喧嘩を売っているわけではないけれど、呼んだら終わりだとわかっているからだ。

親しくなるのは〝騎士《きし》のウィル〟だけで十分である。ウィリアムとはこれ以上距離を縮めたくない。

良くもなく、悪くもない関係。婚約破棄《こんやくはき》が目的なら、それで十分なはずなのだから。

「ウィリアム殿下」

フェリシアはもう一度そう呼ぶと、

「わたくし、そろそろ着替《きが》えたいのですけど。いい加減出て行ってくださいません？」

わざと冷たく突き放した。

ウィリアムがはぁと小さく溜息《ためいき》をつく。

「私がここまで対応に困る女性は君だけだよ。まったく、どうしてくれようね？」

彼の瞳《ひとみ》が妖《あや》しく光ったのを見て、フェリシアは背筋を凍《こお》らせる。

言い知れない悪寒《おかん》に襲われて、脱兎《だっと》のごとく寝室に逃《に》げた。気分は捕食《ほしょく》されそうな兎《うさぎ》だ。

すると、扉《とびら》を挟《はさ》んだ向こう側から、声を張った彼が言う。

「着替えたら食堂においで。義兄上との朝食会があるから」

「朝食会ですか？」

「そうだよ。もともとこれを伝えに来たんだ。だからいいね、フェリシア。ウィリアムだよ」

しつこい。心の底から思ったフェリシアである。

朝食会では、なぜかウィリアムとアイゼンがまたもや火花を散らしていた。

よほど二人の仲は悪いらしい。フェリシアは二人がすでに顔見知りだったことも知らなかったくらいなので、この二人の間にいったい何があったのか想像もできなかった。まあ、腹黒といじめっ子の組み合わせだ。この関係性で良くなれる仲なんて世界中のどこにもないだろう。

（だからこそ、お兄様は私をここに嫁《とつ》がせたんでしょうし）

魔物がいる国の、アイゼンにとっては気に入らない男の許《もと》へ。

ウィリアムとサラの噂《うわさ》を聞いただけで様子を見に国から出てくるなんて、なんとしてでもフェリシアをシャンゼルに閉じ込めたい意図が窺《うかが》える。

ただわからないのは、ウィリアムだ。

サラとの結婚《けっこん》を目指すなら、フェリシアなんてどう考えても邪魔《じゃま》だろうに。

いっそ二人の冷え切った関係を見せつけるならわかるけれど、どうして良好な関係を見せつける必要があるのだろうか。

（朝食のときだって……）

彼は、フェリシアしか視界に入っていませんとでも言いたげに、ずっと彼女を見つめていた。瞳は甘ったるいのにアイゼンに向ける声は無機質という、なんとも器用な男である。

彼は散々「ウィリアム」呼びを仄《ほのめ》かしてきたけれど、フェリシアはガン無視してやった。

（でもあれは、殿下が悪いのだわ！）

いくら何かしらの企《たくら》みがあり、またあの甘ったるい微笑《ほほえ》みが彼の処世術だとしても、あれでは勘違いしてしまう。期待してしまう。

彼のためにそれを避《さ》けてあげているのに、追い討《う》ちをかけてくるとはどういうことか。

（おかげでちっとも食事を楽しめなかったわ！）

フェリシアはぶつぶつと怒《いか》りを呟《つぶや》きながら、薬草をすり潰《つぶ》していた。

今は、朝食会のせいで溜《た》まったストレスを吐《は》き出すため、絶賛城から脱走《だっそう》中である。慣れたダレンの診療所兼《しんりょうじょけん》住居の二階で、薬草の調合をしている。

自分の想いを見抜《みぬ》いた兄のそばになんて、今はいたくない。

（はぁぁ、やっぱり落ち着くわ、この匂《にお》い）

葉をすり潰したときに発せられる青臭《あおくさ》い匂いに、フェリシアは陶然《とうぜん》となる。昂《たかぶ》った感情を鎮《しず》めてくれるようだ。人によっては鼻につく臭《にお》いだろうが、フェリシアにとっては嗅《か》ぎ慣れた、落ち着く匂いだった。

今日は、ダレンは仕事、ウィルからの呼び出しもない、完全な一人である。

（これを調合したら、気分転換《てんかん》に街を歩こうかしら。ついでに野草探索《たんさく》もいいわね）

到底《とうてい》王女のやることではないけれど、今の彼女はエマである。町娘《まちむすめ》のエマは、薬屋を目指すちょっと変わった女の子だ。

「ダレン、私、少し出かけてくるわね。お昼も向こうで食べてくるわ」

「それはいいけど、一人で大丈夫ぅ？」

「ええ。私だって一人でそれくらいできるもの」

「うーん。でも、あまり遅《おそ》くならないようにねん」

「わかったわ。じゃあ行ってきます」

「行ってらっしゃーい」

フェリシアが出ていくと、ダレンは窓からその姿を見送った。今日は来たときから元気がなさそうだったから、ダレンは少し心配していたのだ。

余計な口は出すなと、あの腹黒殿下からは言われているけれど。

（出してほしくないなら、出させないようにしっかりしなさいって話よねぇ）

ダレンがフェリシアに何も言わないのは、ひとえに彼女のためである。ウィリアムに少なからず好感を持っているだろう彼女が、愛を知るチャンスだと思ったから。

だから、とりあえずは見守ろうと口を閉じた。

が、そんな彼女の背を追う、腹黒とはまた別のどうしようもない男を見つけてしまい。

「あー、なるほど。そっちねぇ……」

ダレンは額を押さえた。どうやら今回は、腹黒だけが原因ではなさそうで、彼女の男運の無さに涙《なみだ》が出そうである。

「せんせー、何してんの。早く診《み》てよー」

「はいは〜い。今行くわぁ」

仕事を抜《ぬ》け出せないダレンは、せめて内心でフェリシアの無事を祈《いの》るのだった。

ダレンの診療所から少し歩いたフェリシアは、お店が建ち並ぶメインストリートにやってきた。野草を探す前に腹ごしらえをするためだ。

ウィルがいるときは、必ず一緒《いっしょ》に食べていた。ダレンの家にある木製テーブルを囲んで、他《た》愛《あい》ない話をしながら食事をする。いつのまにかそれが当たり前のことになっていると気づいたのが、ついさきほど。お腹《なか》すいたなぁと思ったとき、ふと、一人の寂《さび》しさを実感した。ならダレンを待っていればよかったのに、あの木製テーブルを前にして座ると、余計にダメだった。ウィルの幻《まぼろし》がいくつも現れるからだ。

だからこそ、彼のいないテーブルに物足りなさを感じてしまい、そんな自分に耐《た》えられなくなった。

（さて、何を食べようかしら。お店に入ってもいいけど、買って外で食べるのもいいわね）

王女であるフェリシアはやったことなんてないけれど、前世の記憶《きおく》のおかげで、今のフェリシアなら食べ歩きだってできてしまう。

空は突《つ》き抜けるような蒼穹《そうきゅう》だ。公園で食べたらさぞ気持ちがいいことだろう。

（よし、そうと決まればサンドイッチ系がいいかしら）

パン屋を探し求めて歩くこと数分。道の向こう側に小さくてかわいらしいお店を見つけた。開いた小窓から焼けたパンの良い匂いが漂《ただよ》ってくる。

そこが気になったフェリシアは、道を横切ろうと歩き出した。が、ちょうどそのとき、すれ違《ちが》い様に人とぶつかる。

「す、すみませんっ」

「いえ、こちらこそ申し訳ありませんわ。お怪我《けが》は？」

相手の状態を確かめようとしたとき、フェリシアは全身を硬直《こうちょく》させた。なぜなら、

「私は全然大丈夫《だいじょうぶ》です！　本当にすみませんでした」

そう言ってうなだれたのが、なんと、フェリシアの頭を悩《なや》ませている一因のサラだったから。いかにもお忍《しの》びですといった彼女は、長い黒髪《くろかみ》を三つ編みにして、フェリシア同様町娘になりきっている。

ただ、城の侍《じ》女《じょ》だろうか、明らかに付き人とわかる女性が一人いるものだから、完全にどこ

かのお嬢様《じょうさま》のお忍び感が拭《ぬぐ》えていないけれど。

（って待って。それっておかしくないかしら？　なんで侍女が一人だけなの？）

内心は盛大に動揺《どうよう》しているフェリシアは、彼女に護衛がついていないことに不安を覚える。

侍女をつけるお忍びなら、むしろ侍女ではなく護衛をつけるお忍びにしてほしいものだ。なにせサラは、この国にとっての救世主なのだから。

「……その、あなたに怪我がなくて安心しましたわ。では私はこれで」

「ま、待ってください！」

面倒《めんどう》事は避けるに限るとばかりに退散しようとしたフェリシアの腕《うで》を、サラが慌《あわ》てて掴《つか》んでくる。

「あ、いきなりごめんなさいっ。でもあの、図々《ずうずう》しいことを承知で、お願いが、ありまして」

「お願い？」

「そうなんです。私今、本当に困ってて。時間もないから、途方《とほう》に暮れそうで。藁《わら》にも縋《すが》りたい状態でっ」

「は、はぁ」

「なので、この勢いで訊《き》いてもいいでしょうか!?」

「えっと、どうぞ？」

その勢いとやらに押されて言うと、サラの瞳《ひとみ》がぱっと輝《かがや》いた。期待の眼差《まなざ》しとはこのことだろう。フェリシアは、少しのプレッシャーを感じて半歩後ずさる。

「ありがとうございます、ありがとうございます！　私、もう本当にどうしようかと。抜け出してきたので、早く戻《もど》らないとバレちゃいますし。ああでも、本当によかった！」

今、末恐《すえおそ》ろしい言葉が聞こえてきたのだが、フェリシアの気のせいだろうか。抜け出してきたとかなんとか。

いや、たぶん気のせいだろう。きっとそうだそうに違いない。というかそうであってくれ。なんだか自分の死亡フラグが立ったような気がして、フェリシアは泣きたくなってきた。やはりあまり関《かか》わらないほうが身のためかもしれない。

「それで、どんなお願いでして？　手短にしていただけると嬉《うれ》しいのですが……」

「もちろんです！　お手間は取らせません」

しかしこのときのフェリシアは、すっかり失念していた。

どうやってこの場を平穏《へいおん》無事に切り抜けるか思案し始めていた彼女は、サラからそれを言われるまで、本当に忘れてしまっていたのだ。

この偶然《ぐうぜん》の出会いが、どんな意味を持っていたのか。

「あのですね、実は私、ある人への贈《おく》り物を探してるんです。相手は日頃《ひごろ》からとてもお世話になっている人で、その、す、好きな人でもあって。せっかくなら喜んでもらえるものを贈りたいんですけど……これがなかなか見つからなくて。なので、男性に評判のお店を――ってどうしました⁉　大丈夫ですか⁉」

フェリシアは、話の途中《とちゅう》でうずくまってしまった。聞いているうちにとんでもないことを思い出してしまったからだ。

（これ、イベントじゃないの‼）

ウィリアムルートにある、ヒロインがお忍びで街に出かけて魔物《まもの》に襲《おそ》われるイベントだ。そこにウィリアムが助けに来てくれたら、彼は攻略《こうりゃく》できたも同然。あとは婚約破棄《こんやくはき》イベントまですぐである。

アイゼンのこともあって、すっかり忘れていた。

「大丈夫ですか？　具合が悪いんですか？　すみませんっ、なのに引き止めちゃって」

慌てるサラは、本気で見ず知らずの女を心配してくれている。

良い子なのだ。わかっている。

でも良い子だから、フェリシアは辛《つら》い。きっと彼女なら、ウィリアムともお似合いだから。

「申し訳ありませんわ。大丈夫ですから、とりあえずカフェにでも入りませんか？　そこで詳《くわ》しくお話を聞かせていただけます？」

「え、でも」

「実は私もあまり詳しくはないのですけど、少しはお力になれると思いますの」

安心させるように微笑《ほほえ》むと、なぜがサラが真っ赤になって返事をする。

「は、はい！　ありがとうございます眼福ですっ」

「え？」

「いえなんでもないです、すみません！」

よくわからないが、深くは突っ込まないでおこう。そんなことより、フェリシアは早く彼女を建物の中に避難《ひなん》させたかった。いつなのかは知らなくても、魔物に襲われるとわかっている彼女を放置することはできないからだ。

（避難させて、適当に警備隊に情報を流せばいいかしら。そうしたら誰《だれ》かが護衛に来てくれるわよね）

買い物を中断させることにはなるけれど、彼女の命には代えられない。

それにたぶん、見たくないのだ。

（私、ここまで性格悪かったのね……）

サラが魔物に襲われて、ウィリアムが助けに来る、そんな展開を目の前で見たくなかった。

しかし。

「キャ――ッ！」

無情にも、そのときはやってくる。

誰かの甲高《かんだか》い悲鳴に振《ふ》り返ったとき、フェリシアは視線の先で黒いモヤに覆《おお》われた獣《けもの》を見た。犬だろうか。それにしては大きい。剝《む》き出しの牙《きば》は鋭《するど》く尖《とが》っている。

動けなかった。

「逃《に》げてっ！」

サラの声だ、と思ったときには、フェリシアは強い衝撃《しょうげき》をくらっていた。

ドンッと壁《かべ》にぶつかったような衝撃で、なのに、思ったよりも痛みはない。大きなものに包まれている温《ぬく》もりを感じて、フェリシアは急いで顔を上げた。

「……っく……」

「お兄様⁉」

なんと、襲いかかってきた黒い獣からフェリシアを庇《かば》ったのは、兄のアイゼンだった。

どうしてここに。なんで一人で。護衛は。色んな疑問が次々と浮《う》かぶ。

でも一番は、なぜ自分を助けたのか。

「お兄様、お兄様っ。しっかりなさって、お兄様！」

嫌《きら》いな兄だけれど、自分を庇って死なれるのはごめんだ。

なのに、兄のシャツには真っ赤な血が滲《にじ》んでいて。

「やだ、待ってください。今、止血しますからっ」

アイゼンの血が流れるたびに、フェリシアの顔からも血の気が失《う》せていく。

嫌いな兄だ。意地悪な兄だ。見返してやりたいと思っていた。

でも、死んでほしいとは一度も思ったことはない。

「……シア、フェリシア。落ち着かんかこの阿呆《あほう》」

「ぅぶっ」

鼻をつままれて、息ができなくなる。慌てて口で呼吸した。

「そのまま深呼吸しろ」

言われたとおりにするのは癪《しゃく》だったけど、鼻が解放されないので仕方なく深呼吸する。

不思議と心が落ち着いてきた。

「くく、不細工な顔だな」

落ち着いてきたので、兄の嫌味《いやみ》など聞き流してやる。

「まったく、せめて泣け。なぜ泣いておらんのだ」

「はい!?」

しかしさすがのフェリシアも、その文句だけは聞き流せなかった。どんないじめっ子だ。

「ああ、見ろ、フェリシア」

アイゼンに顎《あご》で促《うなが》されて、フェリシアはその先を辿《たど》る。

そこには黒い獣を前に、勇敢《ゆうかん》にも立ち向かおうとするサラがいた。彼女に付いていた侍女《じじょ》は見当たらない。逃げたのだろう。

でも責められない。そりゃあ逃げたくもなるはずだ。その獣の牙は、いとも簡単に人の身体《からだ》を食い千切るだろうから。

「初めて目《ま》の当たりにするが、なるほど、あれが魔物か？　見た目はただの大きい犬だな」

「魔物……あの子が？」

「おそらくは。聞いたところによると、いかに聖女とて、魔物の瘴気《しょうき》を浄化《じょうか》することは敵《かな》わないらしい。聖女が浄化できるのは空気中に漂《ただよ》う瘴気のみ。さて、そんなもの、どこに漂っているのかと聞きたいものだが」

「あの子が、魔物」

フェリシアは呆然《ぼうぜん》と呟《つぶや》いた。

ゲームをしていなかったフェリシアは、もちろん魔物を見たことがない。現実でもこれが初めてだった。

でも、その姿は見覚えがある。黒いモヤに包まれて、苦しそうに唸《うな》る動物を。

フェリシアは自国《グランカルスト》で見ている。

「チッ、警備隊はまだか。あの女はダメだ。震《ふる》えている」

それも当然だろうと、フェリシアは立ち上がった。

「おい、フェリシア？　何をする気だ」

そんなフェリシアを、アイゼンが少しだけ早口で問い詰《つ》めてくる。珍《めずら》しい。兄が余裕《よゆう》をなくすなんて。

「お兄様は、絶対にここを動かないでくださいませ」

「それはこちらのセリフだ。そなたも動くな」

「あら、意外ですわ。お兄様は、わたくしを殺したかったのではなくて？」

「馬鹿《ばか》か。それはブリジットだ」

「お姉様はそうでしょうね。でもお兄様も……」

「余がいつそなたを殺そうとした」

「ここに行くよう仰《おっしゃ》いましたわ」

この、魔物《まもの》のいる国に。

遅《おそ》かれ早かれ、魔物に遭遇《そうぐう》するだろうことはわかっていたはずだ。

「それはあの男が守ると言ったからだ。反故《ほご》にされそうになったから、そなたを迎《むか》えに来たんだが」

「え……？」

これはどういうことだろう。自分が思っていたことと現実にあまりの齟齬《そご》があって、なかなか頭が追いつかない。

そのとき、魔物の強い呻《うめ》き声が轟《とどろ》いた。

街の人間は悲鳴を上げながら逃げていく。パニック状態だ。

なのに不思議なことに、魔物はサラから目をそらさない。まるで極上《ごくじょう》の獲物《えもの》を見つけたように。あるいは己《おのれ》の天敵を見つけたように。

「とにかく、話はあとですわ。大人しくしていてくださいませ」

フェリシアはそれだけ言うと、アイゼンの制止も聞かずに走り出した。

魔物の目の前には向かわない。向かうのは、ちょうど真後ろ。音もなく近づいて、後ろから魔物を取り押さえる算段だ。

(あの苦しみ方、ゼンと同じだわ)

フェリシアには、魔物の呻き声が、どうしても苦悶《くもん》の声に聞こえてならなかった。

あれは恐怖《きょうふ》するものではない。あれは助けるべきものだ。

一人孤独《こどく》に生きていたフェリシアを、野生動物たちが慰《なぐさ》めてくれたように。

ばさり、とフェリシアの横にゼンが降りる。

「ゼン、やっぱりあの子も」

応《こた》えるように、ゼンはフェリシアを見つめて、またばさっと羽ばたいていく。

サラを庇うように魔物の前に降り立ったゼンは、ひたと魔物を見つめた。威嚇《いかく》して魔物の注意をそらそうとしてくれているのだろう。

(今のうちに)

ワンピースの裾《すそ》を翻《ひるがえ》しながら、フェリシアは急いで地を駆《か》ける。靴《くつ》は脱《ぬ》いでいた。音を立てないために。

(あのとき、ゼンにはこれを飲ませたわ。だったら今度も、一か八《ばち》か)

フェリシアは服の中からペンダントを取り出す。ロケットペンダントになっているそれは、もしものための薬入れだ。

あのときもフェリシアは、この薬を持っていた。

何かに苦しむゼンを見て、悪いものでも食べたのかと勘違《かんちが》いしたフェリシアは、この嘔吐剤《おうとざい》を死に物狂《ものぐる》いで飲み込ませた。

だから、今回も。少しでも可能性があるのなら、それに賭《か》けたい。

（今よっ）

一気に距離《きょり》を縮めて覆《おお》いかぶさる。魔物は案の定暴れた。振り落とされないよう、しっかりと彼のお腹《なか》にまで手を回す。

後ろから押さえているから、鋭い牙は届かない。

それでもすごい暴れようだ。サラが何かを叫《さけ》んでいるが、申し訳ないことに何も聞こえない。

ゼンが少しでも相手を弱らせようと嘴《くちばし》や脚《あし》で攻撃《こうげき》してくれるが、その勢いは衰《おとろ》えない。

（これじゃあ薬を飲ませられないわ！）

薬を飲ませるためには、魔物の口を開いてその中に薬を突《つ》っ込むことが必要だ。

でもこの暴れ具合だと、薬を飲ませようとした瞬間《しゅんかん》、そのまま手を食い千切られそうである。

（どうしよう。どうすれば……っ）

そこまで頭が回らなかった。とにかく早くしなければと、フェリシアも知らず焦《あせ》っていた。

だって早くしないと、サラが危なかったから。

「お願い、止まって！　あなたを助けたいだけなのっ」

ガウガウッと魔物が牙《きば》を剝《む》く。なんとかフェリシアを引き剝《は》がそうと、身体を振《ふ》ったり、自ら壁《かべ》に体当たりしたり、魔物は容赦《ようしゃ》がない。

そのたびに身体に痛みが走って、フェリシアは歯を食いしばった。

絶対に放すものかと、さらに腕《うで》に力を込める。

(これはもう、体力勝負かしら)

魔物か、自分か。先に力尽《ちからつ》きたほうが負けだ。魔物が先に力尽きたら、フェリシアはすぐにでも薬を飲ませるだろう。

逆にフェリシアが先に力尽きたら、魔物はフェリシアの喉《のど》を食い千切るだろう。

ある意味それもハッピーエンドなのだろうか。二人を引き裂《さ》く悪役はいなくなって、真実の恋人《こいびと》たちは結ばれる。そして悪役であるフェリシアも、魔物に殺されたなら同情を誘《さそ》えるかもしれない。

ああ、なんて。

なんて、綺麗《きれい》な終わり方。

「――フェリシアっ!!」

しかしそのとき、思考を闇《やみ》で覆われていたフェリシアの中に、一筋の光が走った。

まるで意味をなさなかった喧騒《けんそう》の中に、確かな意味を持つ声が聞こえた。

「フェリシア、よくやった。よく頑張《がんば》った」

「でん、か？」

その人は、泣きそうな顔で微笑《ほほえ》んでいて。

（ああ、やっぱり、あなたは来てしまったのね）

絶望しているはずなのに、彼の顔を見られて安心している自分もいる。

「いいかい、フェリシア。私と騎士《きし》たちがこのまま代わるから、君はすぐに離《はな》れるんだ」

「っ、ダメ、ですわ、殿下《でんか》。それでは、ダメなのです……っ」

「フェリシア？」

意識が朦朧《もうろう》とする。全身が痛みを訴《うった》えている。それでもフェリシアは、回らない頭で必死に伝えた。

魔物を逃《に》がさないためか、残りの騎士たちが周りを囲み始めている。

それを視界の端《はし》で捉《とら》えながら、フェリシアはさらに魔物にしがみついた。放せばこの子が殺されるとわかっているからだ。

「おねが、殿下、薬《これ》を、どうかこの子に」

これは賭けである。でも言ってから、フェリシアはすぐに後悔《こうかい》した。魔物に薬を飲ませるなんて、危険極《きわ》まりない行為《こうい》である。

それを彼にさせるなんて。そもそもが、彼はこんな現場に来ていい身分の人ではない。

それでも来たのは、サラのため。

ならばやはり、この人を危険に巻き込むわけにはいかない。

「殿下、やっぱり――」

「フレデリク、魔物の口を開けさせられるか」

「できますが、しかし殿下」

「いいから早く。長くは押さえていられない」

ウィリアムの顔から、いつものあの笑《え》みが消えている。

初めてのことだった。初めて見る表情だった。

余裕をなくし、額から汗《あせ》を流し、フェリシアの話を少しも疑っていない――真剣《しんけん》な表情。

こんなときなのに、その表情に胸が高鳴る。

彼が信じてくれた。それだけで、もう――。

「せめて自分が飲ませます。万が一何かあったら……」

「ない。私は彼女を信じている。そしておまえは私を信じろ。早く」

「っ、御意《ぎょい》」

フレデリクが魔物の上顎《うわあご》をぐいっと持ち上げた。ウィリアムが下顎を地面に押しつける。

騎士たちも魔物を一段と強く押さえつけ、誰《だれ》もが固唾《かたず》を呑《の》んで見守っていた。

ウィリアムが薬を突っ込む。魔物は侵入《しんにゅう》した異物を吐《は》き出すため、彼の腕を食い千切ろうとしている。

（やめて！）

そんなことさせるものかと、全員が踏《ふ》ん張った。

ウィリアムが手を引っ込める。その瞬間、今度はフレデリクが魔物の上顎を強引《ごういん》に閉じさせた。

魔物が悶《もだ》える。暴れる。全《すべ》てを全員で封《ふう》じ込める。

いつまでそうしていただろう。やがて、フェリシアは気がついた。じゅうぅと何かが蒸発するみたいな、小さな小さな音に。魔物の黒いモヤが薄《うす》くなっていくことに。

それに比例して、魔物の抵抗《ていこう》もなくなってくる。

他《ほか》の騎士たちも気づいたのだろう。一人、また一人と、様子が大人しくなった魔物を窺《うかが》うように、押さえていた手をどけていく。

最後に残ったのは、先ほどの凶暴《きょうぼう》な顔つきとは似ても似つかない、愛嬌《あいきょう》のある白い犬と。

その犬を「よかった」と安心させるように抱《だ》きしめるフェリシアだけだ。

周囲は、その光景をただただ唖然《あぜん》と見守っていた。

やがて気力を失い倒《たお》れたフェリシアを、ウィリアムは優《やさ》しく、でも強く、掠《かす》れた声でありがとうと呟《つぶや》きながら抱きしめたのだった。

第四章 ⁂ 悪役だって幸せになります！

魔《ま》物《もの》が街で暴れたあの事件から、三日目。

フェリシアは引きこもっていた。怪《け》我《が》のせいではない。幸い打《だ》撲《ぼく》程度の軽傷である。自分でもどうにかできたので、わざわざ医師に診《み》てもらうこともしなかった。

そうではなく、彼女が誰からの来訪も断っているのは、あのイベントでウィリアムがサラを助けたからだ。ということはつまり、二人はもう結ばれているということである。あとはフェリシアと婚《こん》約《やく》破《は》棄《き》さえしてしまえば、末長く幸せに暮らせるというわけだ。

（そして私は、暗殺……）

そんなわけで、フェリシアは引きこもって二日、ずっと暗殺に対《たい》抗《こう》する方法を考えていた。

そして三日目。いい案が思い浮《う》かばず頭がパンクしそうになっている。

「せめて暗殺の方法がわかれば……！」

残念ながら、悪役の暗殺なんてエンドロールで十分だろうと、ゲームでは雑に終わっていた。

暗殺されたことは間《ま》違《ちが》いないのだが、それではどうやって暗殺されたのかがわからない。

「あああもぉおお」

「なんだ、荒《あ》れてるな」

「それはもう！　おかげさまで！」

なんて返事をしたけれど、今は引きこもり中のフェリシアだ。部屋には自分以外の誰も入ってこられないはずだが。

「お兄様!?」

なぜかアイゼンがいた。しかも窓枠《まどわく》に座っている。

「そなたが駄々《だだ》をこねるから、こんなところから来る羽目になったわ」

「まさか木をのぼっていらしたの!?　ここ二階ですわよ！」

「ふん。その二階から城を抜《ぬ》け出しているじゃじゃ馬は誰だ」

「な、なんでそれを……」

「そなたのやることなど考えずともわかる。まったく、余が今日で帰国すること、よもや忘れてはおらんだろうな？」

「あ」

忘れていた。普通《ふつう》に。頭の中はウィリアムとのことでいっぱいだった。

「で、ではお兄様。またしばらくお会いできずに寂《さび》しいですけれど、気をつけて国にお帰りくださいませ」

じとっとアイゼンに睨《にら》まれる。なんとか笑顔で取り繕《つくろ》うが、今日は少しだけ罪悪感が芽生えた。今までだったらそんなもの、すり潰《つぶ》した薬草の粉一粒《ひとつぶ》分だって浮かばなかったというのに。

たぶん、あの事件で、アイゼンの心に少しだけ触《ふ》れたからだろうか。

「——フェリシア」

アイゼンの、人を統《す》べるときに使う王の声が耳を貫《つらぬ》く。自然と背筋が伸《の》びた。

「ここに嫁《とつ》げと命じたのは余だ。しかし失敗だったと、今さら思い始めている。国は小さく、魔物などというふざけた生態がいて、我が国に利益などもたらしようもない異端《いたん》国家。むしろ放《ほう》っておくほうが危険。滅《ほろ》んでもらうほうが安全か。さて、そなたはどう思う？」

優雅《ゆうが》に脚《あし》を組み替《か》えて、アイゼンは王たる風格で問いかけてくる。

兄としてではない。彼は、王として、王女に訊《たず》ねているのだ。

「……恐《おそ》れながら陛下、だからこそ、わたくしはこの国を滅ぼすべきでないと考えます」

フェリシアは、初めて兄の前で膝《ひざ》を折った。

今までは嫌《いや》がらせばかりする兄に膝を折るなんて、屈辱《くつじょく》以外の何ものでもなかったけれど。

「なぜ？　残す意味は？」

「考えてもみてくださいませ。魔物がいたにもかかわらず、この国は今まで滅ぶことなく存続しております。聞いたところによると、世界の果てから生じる瘴気《しょうき》が動物に取り憑《つ》くことで、あのような魔物に成るということです。最果てのこの国が、このシャンゼルが、その瘴気を止めてくれているのです。ここを失えば、瘴気は瞬《またた》く間に世界を覆《おお》い尽《つ》くすでしょう。なぜなら聖女はこの国にしか存在しないのですから」

「なるほど？　だがそうなると、この国がその力を利用しないという確証がほしい。いずれ研究がなされ、魔物を軍事利用できるようになったとき、我々は対抗する手段を持たない」

「だからこそ、婚姻《こんいん》で……――」

と言いかけて、フェリシアはハッとする。

しまったと思った。完全にやられた。嵌《は》められたのだ。

アイゼンが、徐《おもむろ》にニヤリと口角を上げた。

「そう、だからこその、結婚《けっこん》だ。わかるなフェリシア。結婚の目的が変わった。なれば、そなたは逃《に》げられぬ。逃げれば余がどこまでも捜《さが》し出して連れ戻《もど》すぞ」

どうして。そう訊《き》きたいのをなんとか堪《こら》えて、フェリシアは奥歯を噛《か》み締《し》める。

「フェリシア」

今度は、幾分《いくぶん》も柔《やわ》らかくなった、兄の声で。

「余は、良い兄ではなかっただろう」

そうですわね、と返したいのに、魔物から自分を救ってくれた兄の力強さを思い出すと、憎《にく》まれ口すら躊躇《ためら》われる。

「これからも、余は良い兄でいるつもりはない。これは命令だ。ウィリアム・フォン・シャンゼルの許《もと》に必ず嫁げ」

「……お兄様は」

折っていた膝を伸ばす。フェリシアもまた、臣下としてではなく、妹として顔を上げた。

「お兄様は、わたくしの気持ちなんてお見通しで」

ドレスのスカートをぎゅっと握《にぎ》る。

「お兄様は、きっと殿下《でんか》のお気持ちもお見通しで。なのに、そう仰《おっしゃ》るのですか。これが本当に政略結婚なら、わたくしはきっと従ったでしょう。お兄様のことも、嫌《きら》いだと思うだけで済みました」

だけど、と喉《のど》から込み上がる嗚咽《おえつ》を抑《おさ》えられない。

「お兄様は、わたくしが殿下を慕《した》っているから、そんなことを仰るの？　どうして最後に兄でいようとするのですかっ。わたくしは殿下を慕っているからこそ、殿下には幸せになってもらいたいのです。殿下が誰《だれ》を想《おも》っているのか、お兄様だってご存じのくせに！　どうかお願いです。わたくしに、あなたを憎ませないでくださいっ」

今さら、優しい兄なんていらない。その優しさは残酷《ざんこく》だ。

あれほど嫌がらせをしてきた兄を、フェリシアはどう扱《あつか》えばいいのかわからなくなっている。

シャンゼルに来てからの兄は、嫌がらせばかりするあの頃《ころ》の兄ではない。フェリシアへの気《き》遣《づか》いが見える。

それともフェリシアが気づいていなかっただけで、祖国にいた頃からこんな感じだったのだろうか。そういえばフェリシアは、兄の嫌がらせについて深く考えたことはなかった。それは、姉や妹についても同じだ。どうせ母の身分のせいだと、考えることを放棄《ほうき》した。

そのツケが回っているのだとしても、これは酷《ひど》い。

「お兄様ならこの婚約《こんやく》を破棄《はき》にできますわよね？　だったらお願いです。わたくしは、せめて好きな人の幸せを願える女として終わりたいのです」

これが、きっと嘘偽《うそいつわ》りない思いだ。

暗殺も、毒殺も、刺殺《しさつ》も怖《こわ》いけれど。

何より怖いのは、ウィリアムから侮蔑《ぶべつ》の視線を受けること。ウィリアムに失望されること。

ゲームのフェリシア王女のように嫉妬《しっと》して、みっともなく彼に縋《すが》ることだけはしたくない。

兄は頼《たよ》れないと思っていた。けど、今の兄なら、あるいは。

しかしアイゼンは、フェリシアの期待を悉《ことごと》く裏切った。

「言ったはずだ、余は良い兄になるつもりはないと。泣き苦しめ、フェリシア。そして頭を冷やし、現実を見ろ」

そうすれば――。

アイゼンはその続きを言わなかった。〝悪い兄〟のセリフではないからだ。

真ん中の妹が、人の愛を信じられないのは仕方ない。人に愛されて育った記憶《きおく》がないからだ。

それをわかっていながら、アイゼンもまた、彼女に愛をそそげなかった。他《ほか》の妹たちの手前、彼女を表立って守れなかった。

だからアイゼンは一縷《いちる》の希望に賭《か》けたのだ。

――〝フェリシアを、ぼくの妻にください。必ず守ると約束しますから〟

彼女が、人の愛を信じられるように。

そして、自分の愛を見つけられるように。

「破棄がしたいなら、自分からウィリアム殿《どの》に願い出ることだ。だが、そのときは死を覚悟《かくご》したほうがいいだろうな」

哀《あわ》れむような声音《こわね》に、フェリシアはドキリとする。まさか兄は、ゲームのことを知っているのかと。

いや、そんなはずはない。今までのアイゼンにそんな気配は微塵《みじん》もなかった。

「……わかりましたわ。では、自分でなんとかします」

そう言ったフェリシアの瞳《ひとみ》には、揺《ゆ》るぎない覚悟が宿っていて。

アイゼンは、つい肩《かた》をすくめずにはいられない。

「まあ、せいぜい無駄《むだ》に足掻《あが》くといい」

兄と同じく嫌味《いやみ》なくらい晴れた天気の中、アイゼンはグランカルストへと帰っていった。

それをウィリアムと共に見送ったフェリシアは、見送ったあと、とうとう彼に願い出る。

「殿下に、お願いがございますの」

フェリシアは、自室の鏡の前で自身の姿をチェックしていた。

今日は悪役らしく、真紅《しんく》の薔薇《ばら》を彷彿《ほうふつ》とさせる真っ赤なドレスに身を包んでいる。化粧《けしょう》もいつもより濃《こ》くして、口元にはドレスと同じく真っ赤な紅《ルージュ》を引いていた。ヴェールに隠《かく》されるとはいえ、気合を入れるためだ。

（うんうん、悪役といえばこんな感じよね。なかなかいいんじゃないかしら？）

長い金髪《きんぱつ》は侍女《じじょ》によって縦に巻いてもらっている。縦ロールなんていつの時代だと思うけれど、今日はとことんなり切ってやろうと思っていた。

なにせ今日は、記念すべき婚約破棄申請《しんせい》日なのだから。

「とっても素敵《すてき》です、王女殿下！」

そう言ったのは、聖女の熱狂的《ねっきょう》ファンであるレベッカだ。

ずっと職務放棄されていたが、今日はたまに来るライラに伝言を頼《たの》み、彼女にも無理やり来てもらった。だって縦ロールだけは一人でできなかったのだ。ライラもできないと言うので、仕方なく脅《おど》してみた。「職務放棄のこと、殿下やサラ様はご存じなのかしら？」と。

（あれこそまさに悪役だったわね、私）

背に腹はかえられない。けれど、最初は嫌そうに引き受けたレベッカだったが、いざ当日になるとものすごく高いテンションでやってきた。縦ロールは完璧《かんぺき》だし、それを褒《ほ》めてくる余裕《よゆう》もある。何か心境の変化でもあったのだろうか。

フェリシアは、まあいいか、とその仕上がりだけに意識を向ける。

「さて、行きますわよ」

最後のイベントはもうすぐそこ。近々開催《かいさい》されるお祭りが、その舞台《ぶたい》となる。だからそれまでに婚約破棄がしたくて、ウィリアムに今夜、時間を空けてもらったのだ。

二人だけの、最後《さいご》の晩餐《ばんさん》。

フェリシアは、食堂《ダイニングルーム》の扉《とびら》の前で立ち止まると、胸の前で固く手を握る。

目を閉じて、息を吸って、吐《は》き出して。

ゆっくりとまぶたをもち上げると、ライラに頷《うなず》いて合図する。

扉が開かれ、すでに見慣れた食堂内が視界に入った。

「こんばんは、フェリシア。今日のあなたはいつにも増して綺麗《きれい》だね。ヴェールがあってもわかるよ。気高く美しい薔薇のようだ」

「まあ、ありがとうございます。そう言っていただけて光栄ですわ。ただ……」

ちらり、とフェリシアの視線がウィリアムから外れる。

それに気づいた彼は、ああ、と変わらない微笑《ほほえ》みで口にした。

「今夜はサラも夕食を共にしたいと言ってきてね。あなたに会いたかったらしい。妬《や》けるね」

「あの、こんばんはフェリシアさん！　突然《とつぜん》お邪魔《じゃま》してすみません。本当はフェリシアさんともっとお話ししてみたかったんですけど、なかなか会えなかったので……。それで今日のことをウィリアムから聞いて、私もフェリシアさんに会いたいってお願いしたんです！　ご一緒《いっしょ》してよかったですか？」

　サラが不安そうに訊《たず》ねてくる。会えなかったのは、フェリシアが避《さ》けていたからだ。邪魔者が出しゃばらないよう、なるべくサラとウィリアムの二人には会わないようにしていた。

　これはその罰《ばつ》なのだろうか。せっかくの、二人だけの最後の晩餐だったのに。

（バカね。ここでそれをがっかりすることが、そもそも間違《まちが》ってるのに）

　フェリシアは恭《うやうや》しく礼をとる。

「もちろん大丈夫《だいじょうぶ》ですわ。サラ様とご一緒できて、わたくしも嬉《うれ》しいです」

　ヴェールの下の顔がどうか泣きそうになっていませんようにと、フェリシアは密《ひそ》かに祈《いの》った。

　前菜から始まり、食事は順調に進んでいった。

　ヴェールをしているため食べるときにはコツがいるが、慣れてしまえばどうってことはない。

けれど、明らかにフェリシアだけペースが遅《おそ》い。

　それは、食べづらいヴェールのせいなのか、それとも仲睦《なかむつ》まじい二人に食事が喉を通らないからなのか。

「じゃあウィリアムも、やっと落ち着いたの？」

「まあね。先の魔物《まもの》のことで色々と奔走《ほんそう》していたけれど、これでようやくきな臭《くさ》い貴族たちを黙《だま》らせられるよ。サラにもお礼を言わないと」

「ええっ、そんな。私は何もしてないよ。やったのはウィリアムとかフレデリクとか……あと、あの美人さんだよ。いったいどこの誰《だれ》だったんだろ。まだ教えてくれないの？」

「さあ。なんのことだか」

「あ、またそうやってはぐらかす！」

「ふふ、拗《す》ねた顔は完全にリスだね、サラ」

二人が話しているのは、先日の魔物のことだろう。フェリシアは会話に交ざらず黙々《もくもく》と食事を進めていた。

それに、〝フェリシア〟はあの場に行っていないのだ。あの場にいたのは〝エマ〟であり、フェリシアではない。知ったように会話に加わるのは不自然だ。

そこまで思って、フェリシアは「ん？」と内心で首を傾《かし》げた。なんだか大切なことを忘れているような気がして、でもそれがなんなのか思い当たらなくて、食事が完全に止まってしまう。

「フェリシア？　さっきから全然進んでないようだけど、どうしたの？　もしかして体調でも悪い？」

ウィリアムに目《め》敏《ざと》く見つけられて、フェリシアは曖昧《あいまい》に返事をする。

体調は問題ないけれど、気分は完全に落ちている。どうせならフェリシアなんていないものとして扱《あつか》ってくれたらよかったのに、ウィリアムはそうしてくれない。

存在を消そうとするフェリシアを咎《とが》めるように、彼はフェリシアにも話題を振《ふ》ってくる。

「大丈夫ならいいんだけど、もし本当に体調が悪いなら言って。食事はまた今度でもいいんだから」

「お気《き》遣《づか》いありがとうございますわ。でも、本当に大丈夫です」

今度なんてないと知っているから、フェリシアはこのチャンスを放《ほう》ることはできない。

ただ、いつ婚約破棄について切り出そうか、それが問題だった。

「そういえばフェリシアさん。フェリシアさんは、他《ほか》の国の王女様なんですよね？」

「え？　ええ、そうですけど」

「実は私、あまり他の国のことを知らないんです。だから、フェリシアさんの国についてぜひ教えてほしいです！」

無《む》邪気《じゃき》な明るさが眩《まぶ》しい。こんな出会い方でなければ、同郷かもしれない彼女とは友人になってみたかったけれど。

「そうですね……お恥《は》ずかしながら、わたくしも全《すべ》てを知っているわけではありませんが。グランカルストは工業の発達した、それなりに豊かな国ですわ。ただ数十年前までは争いの絶えない国でしたので、貧富の差が激しいのです。今は国をあげてその解消に努めているところでしょうか」

「そうなんですか。確か、フェリシアさんのお兄さんが国王様なんですよね？」

お兄さん、と聞いて、フェリシアの手がぴたっと止まる。

「ええ、まだ即位《そくい》したばかりですが」

「どんなお兄さんなんですか？ その方が、色々と頑張《がんば》ってるってことですよね！」

「まあそうなりますけれど、お兄様は……」

脳裏《のうり》に兄の顔が浮《う》かぶ。それは最後に見た、とても複雑そうな顔だ。あんな兄は初めてで、だから困る。嫌《きら》いだったのに、嫌いになりきれなくて。

「お兄様は、おそらく期待に添う方ではないかと。意地悪で、人に嫌《いや》がらせをしてはそれを楽しむ悪癖《あくへき》を持つ人で、ほんと、どうしようもない性悪《しょうわる》ですもの。……ただ、少し、ほんの少しだけ、温かい人だとは思いますけど」

「ふふ。じゃあ優《やさ》しい人ってことですね！」

「優しい……。優しい？」

とは違《ちが》うような気がするが、無垢《むく》な瞳《ひとみ》の前には訂正《ていせい》も難しかった。

そんなフェリシアをウィリアムが慈《いつく》しむように見つめていたことに、フェリシアは気づかない。

「二人きょうだいですか？」

「いいえ。姉と妹もおりますわ」

「たくさんいますね！　いいなぁ。私は一人っ子だから羨《うらや》ましいです。特にお姉ちゃんが欲しかったんですよ」

フェリシアはきょとんとする。羨ましい。その言葉は、きっとフェリシアのきょうだい関係には縁《えん》のない言葉だろう。

それでもふと思ったのは、たとえ毒を盛ってくるような姉や、癇癪《かんしゃく》を起こして姉《フェリシア》を困らせることを娯楽《ごらく》とする妹だとしても、彼女たちがいたから、今の自分がいるのだということ。

あんな人たちに負けるか、とがむしゃらに走ってきたけれど、彼女たちのおかげで、フェリシアは夢中になれる趣味《しゅみ》を見つけた。大抵《たいてい》のことには動じない度胸を手に入れた。

（まあ、あの人たちのせいで、こんな目に遭《あ》っているとも言えるけれど）

内心で苦笑《くしょう》する。彼女たちがいなければ、あるいは祖国で、または近隣《きんりん》諸国のどこかの王族の許《もと》で、幸せに暮らしていたかもしれない。

そう思うと、なんだか不思議な思いに囚《とら》われた。

結局、人生で何があろうと、全ては本人の心持ち次第《しだい》なのだ。姉のせいで、と僻《ひが》むことは簡単で。

でも姉のおかげで、と言ってやったらどうだろう。姉のおかげで、自分は世界の素晴《すば》らしさを知った。生きる喜びを知った。

そして兄のおかげで、恋《こい》を知った。

ちょっと言葉を変えるだけで、こんなにも心の持ち方が変わる。

それならじゃあ、いつかは、〝ウィリアムと婚約破棄《こんやくはき》したおかげで〟と言える日が来るだろうか。

「そうですわね。わたくしにとって、兄も、姉も、妹も。ある意味かけがえのない存在ですわ。彼らがいなかったら、今のわたくしはいなかったでしょう。だから――」

だから、いつか、あなたと婚約破棄したおかげで、と笑って言ってやろう。

悪役だって、幸せになる権利はある。

「だから、殿下《でんか》にお願いがございますの」

持っていたナイフとフォークを置く。緊張《きんちょう》で震《ふる》える手を誤魔化《ごまか》すために、膝《ひざ》の上で固く握《にぎ》りしめた。

「どんなお願いだい？　言ってごらん。やっと君が私を頼《たよ》ってくれるんだ。私のできる限りで、なんでも聞いてあげるよ」

蕩《とろ》けるような眼差《まなざ》しに、胸がズキリと痛む。

ああ、この人は、なんて優秀《ゆうしゅう》な王太子だろう。好きでもない女にそこまで優しい表情を作れるのだから、もはやあっぱれと言いたい。

そんな彼に、無駄《むだ》な期待を持つ前に。

「では、お言葉に甘えて——わたくしと殿下の婚約を、破棄していただきたいのです」

その、瞬間《しゅんかん》。

時が止まったようにこの場が凍《こお》りついたことを、フェリシアは肌《はだ》で感じ取った——。

　そもそもウィリアム・フォン・シャンゼルという男は、感情のない男だった。

　物心がつく前から国王の何たるかを教えられ、そのための英才教育を施《ほどこ》され、仮面ばかりの王宮で生きてきた。

　ウィリアムしか後継《こうけい》がいないため、周囲は孤独《こどく》な王子をどう扱うか、様子を見ていたという。

　だから彼の教育係は言った。大人の傀儡《くぐつ》になりたくなければ、殿下ご自身が傀儡師とおなりなさいませ、と。

　ようは力をつけろと。海千山千の大人たちと渡《わた》り合っていけるような、知恵《ちえ》と知識を。

　そのために、ウィリアムは真っ先に感情を排除《はいじょ》した。子どもながらに遊びたい気持ちや甘えたい気持ちを押し殺し、その全てを微笑《ほほえ》みの下に隠《かく》した。無表情よりも微笑んだほうがより効果的だと、わずか六歳で悟《さと》ったからだ。

『ふうん。まるで、お人形ね。だってずっと同じように笑ってるんでしょ？』

そう言われたときのウィリアムの衝撃《しょうげき》を、きっと言った本人であるフェリシアは知らないだろう。

　そのとおりだ。人形だ。それを操《あやつ》る傀儡師になれと言われたのに――なってやろうと行動してきたのに、いつのまにか自分のほうが人形になっていた。

　それの、なんと滑稽《こっけい》なことか。言われるまで気づかなかったことも、また滑稽だった。

『そんなのもったいないわ。だって一度きりの人生なのよ。怒《おこ》りたいときに怒って、泣きたいときに泣いて――笑いたいときにだけ、笑えばいいのよ』

『それがぼくには許されなくても？』

『だれが許さないの？』

『……大人かな』

『ふうん？　どうして大人がそんなこと言うのかわからないけど、でも、考えてみて。あなたはもしかしたら、明日《あした》死ぬかもしれないのよ？』

『それはまた……急だね？』

『私は本気で思ってるわ。私は明日死ぬかもしれない。じゃあ、もし死んだら、後悔《こうかい》せずにいられる？　そう問いかけるの。そうするとね、あれもやりたかった、これもやりたかったって思うのよ。おいしいものをたくさん食べたいし、街にも行ってみたい。街に行ったら、そうね、盗《ぬす》み聞いた人気のカフェにも行ってみたいわ。お友達もつくってみたい』

『やりたいことが多いね』

『そうなの！　でもね、私だって最初からこんな考え方じゃなかったのよ？　ある日突然《とつぜん》向き合わされて、そこで初めて思ったの。ああ、まだやりたいことがあったのにって。だってあの日はとても良い天気で、空はどこまでも青く澄《す》んでいて、お昼ご飯のあとは外で遊ぼうって決めてたから。当たり前に続くと思ってた日常がね、突然呆気《あっけ》なく壊《こわ》れる恐怖《きょうふ》を、私はあの日、初めて知ったわ……』

　幼い彼女の言ったことを、このときのウィリアムは、たぶん半分も理解できていなかった。彼女自身、誰《だれ》かに聞かせようと話していたわけではない。そう、ただ過去をなぞるように、そっと言葉にしていただけで。

　あの日の彼女が俯《うつむ》いたのは、このときだけだ。

『だからね、簡単に死んでやるもんかって思ったの！　簡単に私の日常を奪《うば》われてやるもんかって。だって世界には、私の知らないことがまだまだたくさんあるんだもの。それを知らずに死ぬなんてもったいないと思わない？　——そうだ！　せっかくだから、あなたにも教えてあげるわ。この世界の面白《おもしろ》いところ』

　そう言って腕《うで》を引っ張られた先にあったのは、小さな白い花が咲《さ》き乱れるところだった。

『これはね、すずらんよ。鐘形《かねがた》の小さな花が連なってて、かわいいでしょ？』

『そうだね。初めて見たよ。可憐《かれん》な花だけど、これの何が面白いの？』

『実はすずらんってね、ただかわいいだけじゃないの。その身には毒を持ってるのよ。それも、人の命を奪えるほどの』

彼女はそう言うと、悪戯《いたずら》が成功した子どものようにニッと笑った。かわいいだけの、単純じゃないところが面白いのだと付け加えて。

それが、まるで彼女のようだと思ったのは秘密だ。

可憐な花のような容姿をしているのに、中身は決してそれだけじゃなく。

生きることにひたむきで、まっすぐで。思わず手を伸《の》ばしたくなるほど眩《まぶ》しい彼女。

これはあとから知ったことだけれど、植物に毒があるのは、彼らが生き残るための手段だそうだ。そんなところもまた、彼女に似ていると思った。

彼女と出会ったから、ウィリアムは人形ではなくなった。人形では持ち得ない感情を得た。

「やっとだ。これでやっと、彼女をこの手にできる」

この日をどれだけ夢見たことか。

運悪く聖女召喚《しょうかん》の日と重なってしまったが、もちろん愛《いと》しい彼女を優先した。

ヴェールでその顔が隠されていたことには、残念な思いと安堵《あんど》の思いが同時に生まれる。

ただショックなことに、彼女はウィリアムのことを覚えていなかった。

「だからね、少しだけ意趣返《いしゅがえ》しをしたいなって」

そう言った主人《ウィリアム》に、呼び出されていたライラはドン引きの視線を向けた。そんなことのために何かされるだろう他国の王女が、ライラは不憫《ふびん》でしょうがない。まあ、だからといって止めるつもりもないけれど。

「そういうわけで、君には彼女の侍女《じじょ》になってもらうから」

いったいどういうわけでそうなるのか。本来は王太子の護衛を務めているライラは、心底説明を求めたかった。

そんなとき、使用人によるフェリシアへの嫌《いや》がらせが発覚する。

ライラの定期報告を受けていたウィリアムは、書類仕事を片付けながら己《おのれ》の部下に問うた。

「それで、フェリシアの様子は？」

「全く意にも介《かい》してません。なかなか逞《たくま》しくあられます」

「まあそうだろうね。なにせ異母姉《あね》に毒を盛られても元気だったからね、彼女」

ウィリアムがそれを知っているのは、フェリシア本人に聞いたことがあるからだ。幼い頃《ころ》、初めて彼女と会ったとき。死にそうになったことがあるのかと訊《き》いたウィリアムに、彼女は。

——〝ええ、お姉様に盛られた毒でね〟

内容にそぐわない満面の笑《え》みで答えた。だからウィリアムは最初、彼女の言葉を正しく理解できなかった。

でも今ならわかる。どうしてあのとき、彼女が笑っていたのかを。彼女はただ、優《やさ》しかっただけだ。優しくて、誰よりも心が強かった。

「普通《ふつう》はさ、殺されかけたら相手を恨《うら》むものだろう？　なのに彼女は恨まなかった。そんなことをする暇《ひま》があるなら、どうやって異母姉に対抗《たいこう》するかを考えるような人だった。すごいよね。私だったら容赦《ようしゃ》なく復讐《ふくしゅう》するところなのに」

だろうな、とライラも無表情の下で思う。一見優しそうで、実際にそう思われているウィリアムは、一部の者には冷酷無《れいこくむ》比《ひ》で知られている。それが、彼の隠している本性《ほんしょう》だと。

いつのまにか仕事の手を止めていたウィリアムが、何かを思い出してくすりと笑う。

「だからこそ、あの輝《かがや》きに魅《み》せられたんだ。決して優しくはない世界で生きているのに、彼女はまっすぐで、眩しくて。私にはないものを持っていた。憧《あこが》れた。——だからね、ライラ」

ぴく。ライラの肩《かた》がわずかに跳《は》ねた。主人の纏《まと》う空気が変わったことに気づいたからだ。

「ちょうどいいから、利用させてもらおうか。彼女に甘え方を覚えてもらうために。今までは頼《たよ》れる人間なんていなかっただろうけど、これからは、私には頼ってもいいんだと覚えてもらおう」

ライラは背中に流れる汗《あせ》を感じた。腹に一物も二物もありそうな笑みを浮《う》かべるウィリアムは、しかし、確かな怒《いか》りも燃やしている。

「ただ、これだけは忘れるな。もし他《ほか》の使用人が目に余る行動に出たら、すぐに私の許《もと》に連れておいで」

いいね？　と彼の笑みが不穏《ふおん》に深まる。

ライラは内心で大いに同情した。こんな男に捕《つか》まってしまった、かわいそうな王女様に。

ウィリアム・フォン・シャンゼルという男を知っている者たちは、みな口を揃《そろ》えて彼をこう評価する――腹黒王子と。

実際、誰が見てもそうだろう。フェリシアを口説こうと甘い顔で接しながら、裏では彼女が自分を頼るよう仕向けている。飴《あめ》と鞭《むち》を使い分けるように。

だからウィリアムにとって、〝ウィル〟と〝エマ〟の出会いはある意味渡《わた》りに船だった。だって、誰の目を気にすることなく彼女を口説ける、またとない時間を得たのだから。

「まあ彼女がヴェールを取って城を抜《ぬ》け出していたことには、驚《おどろ》いたけどね」

例のごとく定期報告に来ていたライラは、主人のひとり言に無言を返した。いつその件で彼からお叱《しか》りを受けるか、実は戦々恐々《せんせんきょうきょう》としているのである。まさかほんのちょっと彼女から離《はな》れたときに、脱走《だっそう》されていたとは。

「ライラ、そんなに怯《おび》えてどうしたんだい？」

何気ない主人の声も、今は恐《おそ》ろしく聞こえてしまう。

「もしかして、その件で私が君を叱ると思ってるのかい？」

心外だな、と彼は言うけれど。絶対嘘《うそ》だとライラは思った。以前、どうしても自分の娘を王太子妃にしたい財務大臣が、フェリシアを侮辱したことがあった。それも、わざわざ人前で。ウィリアムが倍返しでやり込めたのは言うまでもないが、時として言葉は暴力以上に恐ろしいのだと、ライラはそのときに学んだ。

そんな部下の恐怖を知ってか知らずか、ウィリアムは一見慈悲《じひ》深い笑みを浮かべると。

「私はそんなことでは怒《おこ》らないよ。むしろフェリシアの素顔《すがお》を見られるあの時間は最高と言ってもいいくらいだ。君の好きな特別手当《ボーナス》を出してもいい。——でもね？　私が怒るならこれかな。フェリシアに食事が配膳《はいぜん》されていないこと、どうして報告がないのだろうね？」

「は……？」

いつもマイペースなライラらしくない、間抜《まぬ》けな声が出た。彼女もまた、それを知らなかった一人である。

「ライラ、私はなんのために女官《にょかん》長を黙《だま》らせて、おまえをフェリシアの侍女にした？」

「王女殿下《でんか》の様子を報告するためです」

「他には？」

「王女殿下を守るためです」

「惜《お》しいな。加えて、フェリシアに危害を加える者がいたら、すぐに私の許に連れてくるためだ。メイドの配膳の件、おまえは知らなかったの？」

「は。存じ上げませんでした」

フェリシアがそんな素振《そぶ》りを見せなかったこともある。そして、ライラはちゃんと見ていた。

メイドたちが、厨房《ちゅうぼう》から料理を載《の》せたワゴンを運ぶ姿を。

てっきり食事は配膳しているものと思っていたが。

「そう。でも残念だけど、これでさっき言った特別手当は没収《ぼっしゅう》ね」

「……」

ライラは内心で歯嚙《はが》みする。せっかく密《ひそ》かに喜んでいた特別手当が、ものの数秒でゼロになった。

「しかし殿下。では王女殿下は、食事は……？」

「ああ、それならもう手は打った。彼女ならきっと喜んでくれるよ」

ライラは不思議に思ったが、深く訊《たず》ねる前に執務《しつむ》室の扉《とびら》がノックされる。きっかり三回。寸分の乱れなく叩《たた》かれた扉の向こうから「フレデリクです」と入室の許可を求める声がした。

「入れ」

「失礼します」

生真面目《きまじめ》な騎士《きし》は、同じ騎士であるライラでも固いと思う敬礼をする。

「殿下にお話があって参りました」

「話？　緊急《きんきゅう》かい？」

「サラ様についてです」

ウィリアムは、先を促《うなが》すように椅子《いす》の背にもたれかかる。聖女のことなら聞かないわけにはいかない。

「最近のサラ様ですが、慣れない環境《かんきょう》での生活や聖女としての重圧のせいで、どうやらあまり元気がないようです。ここ最近は溜息《ためいき》も増えています」

「そう。無理もないね。それで、サラ自身は何か言っているかい？　たとえば息抜《いきぬ》きがしたいだとか、故郷が恋《こい》しいだとか」

「いえ。サラ様はあまりご自身の願望を口にはしません。ですので、自分が進言に参った次第《しだい》です」

「へぇ？　フレデリクがわざわざね。何かな」

「はい。殿下がお忙《いそが》しいことは百も承知ですが、それでも殿下には、なるべくサラ様のおそばにいて差し上げてほしいのです」

「……それは、なぜ？」

「殿下もサラ様のお気持ちにお気づきでしょう。サラ様には殿下が必要なのです。なのに、サラ様との訓練もそっちのけで街に下りてばかりというのは、少々冷たいかと」

ウィリアムは、たっぷり三十秒、笑顔のまま固まった。それをライラは気の毒そうに眺《なが》めている。

「フレデリク」

「はい、殿下」

「よく理解できないんだけど、つまりおまえはこう言いたいのかな？　街に下りる暇があるなら、仕事をしろと」

「いいえ、少し違《ちが》います。街に下りることが殿下の仕事の一部だとは承知しております。そうではなく、自分が言いたいのは、もっとサラ様をそばで支えてあげてほしいということです」

「だから、どうして？」

「サラ様が望んでいるからです」

それはないだろうとウィリアムは思った。弱っているとき、サラが望むとするのなら、それは自分ではなく――。

そもそも、ウィリアムがサラの特訓――聖女の力の使い方を学ぶ訓練――に顔を出さないのは、彼女も了承《りょうしょう》していることである。

実はウィリアムは、〝エマ〟に会いに行くとき、二つの口実を使っている。一つは視察だ。といっても、視察については口実でもなんでもなく、本当に視察もしているけれど。

そして二つ目が、サラとの特訓である。この口実は聖女信仰《しんこう》に厚い貴族どもに有効なので、サラにも協力してもらっていた。サラとしても、ウィリアムがいないほうが都合がいいのだ。

なぜならこの間、彼女は好いている男と二人きりになれるのだから。

あれほどわかりやすい彼女だ。ウィリアムは、きっと相手も彼女の気持ちに気づいているものだと思っていたが。

(まさか気づいてなかったのか)

思わず天井《てんじょう》を仰《あお》ぐ。ライラの憐《あわ》れむような眼差《まなざ》しが煩《わずら》わしい。

「わかった」

「！　殿下、それでは」

「いや、わかったのは、おまえの頭がものすごく固いということがわかったっていう意味だ。女性を不憫《ふびん》に思うのは失礼かもしれないけど、あまりに不憫すぎて同情する」

「？　何を仰《おっしゃ》っているのかよくわかりませんが、対応していただけますか」

「ライラ、私は教育を間違《まちが》えたのかな」

「真面目な回答を望みますか」

「いや、いい」

年の近いフレデリクとの関係に教育も何もあったものではないけれど、現実逃避《とうひ》くらい許されるだろう。

「とにかく、おまえの話は却下《きゃっか》だ。私は忙しい」

おもにフェリシア関連で。とは胸の内にとどめておいた。それに、そこまでサラを心配するなら彼自身がそばにいてやればいいと思う。彼がここまで心を配る女性は初めてなのだから。

「特に今は大事な時期なんだ。フェ――交渉《こうしょう》相手がようやく警戒《けいかい》を解き始めてね。これまでの努力を無駄《むだ》にしないためにも、今は誰《だれ》にも邪魔《じゃま》されたくないんだよ」

実際に最近のフェリシアは、よく笑ってくれるようになっていた。自然な笑顔《えがお》で。声を上げて。そして、たまにその瞳《ひとみ》に、熱を灯《とも》しながら。

だから、ウィリアムが自惚《うぬぼ》れるのも無理はない。浮《う》かれるのも無理はなかった。このときの彼は、本当にあともう少しだと思っていたのだ。あともう少しで、彼女が自分に落ちてくれると。

そんなとき、彼女が「殿下に、お願いがございますの」と言ってくれたものだから、彼はやっと頼《たよ》ってもらえると喜んでいたのだ。

彼女から、あんなひと言が飛び出すまでは。

「――わたくしと殿下の婚約《こんやく》を、破棄《はき》していただきたいのです」

一瞬《いっしゅん》で場が凍《こお》りつく。

サラやフレデリク、ライラの顔色は真っ青だ。フェリシアだって、自分が今彼らと同じ顔色をしているだろうことは自覚していた。

今までどんなにきょうだいたちから疎《うと》まれて、殺されそうになっても、これほどの恐怖《きょうふ》は感じたことがない。

命を脅《おびや》かされる恐怖とは、また別の恐怖。

「ねぇ、フェリシア。おかしいね。今私は、君のかわいい口から到底《とうてい》理解できないことを聞いた気がするな。申し訳ないけど、もう一度言ってくれる？　愚鈍《ぐどん》な私にもわかるように」

「で、ですから、殿下《でんか》とわたくしの婚約を破棄していただきたいのです。わたくしもバカではございませんもの。殿下がサラ様を慕《した》ってらっしゃることには気づいております。サラ様が殿下を想《おも》っていることにも。だからこそ、わたくしは潔《いさぎよ》く身を引きたいと思うのです」

言った。ついに言ってしまった。そんな思いがフェリシアの胸に広がる。

これでもう後戻《あともど》りはできない。邪魔者《じゃまもの》は消えて、真実の恋人《こいびと》たちが結ばれるのだろう。

「ふうん」

なのにどうしてか、ウィリアムの纏《まと》う空気が変わらない。彼は背もたれに背を預け、フェリシアを冷たく見下ろしている。喜んでもらえると思っていたフェリシアは困惑《こんわく》を隠《かく》せなかった。

(どうして？　どうしてまだ、殿下は怒《おこ》ってるの？　これで邪魔者が消えて愛する人《サラ様》と結婚《けっこん》できるのに、なんで全然、喜んでくれないの？)

フェリシアの予想では、そろそろウィリアムが満面の笑みを浮かべ、サラには泣いて喜ばれるはずだった。

なのに、現実はどうだろう。ウィリアムは殺伐《さつばつ》とした笑みを刷《は》き、サラは泣いて喜ぶどころか泣いて謝ってきそうな雰囲気《ふんいき》である。

「あ、あの、フェリシアさん。違うんです。私とウィリアムは、そんな関係じゃっ――」

「サラ。いいよ、君が気に病《や》む必要はない。これは自惚《うぬぼ》れて何もしなかった私が悪いのだから。そうでしょう、フェリシア？」

ウィリアムの目がこれほどまでに笑っていないのは、初めてだ。それほど彼の怒《いか》りが大きいということなのだろう。

でもフェリシアは、やはりどうして彼がそこまで不機嫌《ふきげん》になるのかわからなかった。どうしてサラが「違う」と言うのかわからなかった。

だって乙女《おとめ》ゲームのとおりなら、二人はもう――。

「とりあえず、この続きは食事が終わってから私の部屋でしようか。込み入った話になるし、デザートがまだ残ってるからね」

ウィリアムのそのひと言で、給仕《きゅうじ》係が恐《おそ》る恐る動き出す。

不測の事態が起きたのは、そのデザートを食べようとしたときだった。

やはり先ほどの空気を引きずって、誰もが無言の中でデザートに手を伸《の》ばそうとしていたとき。

ぴり、と。誰よりも先に甘いものに逃《に》げたフェリシアは、舌が痺《しび》れるのを感じた。

「っ⁉」

毒だ、と思ってからの彼女は早かった。

テーブルクロスを引っ張って、今にもデザートに手をつけようとしているウィリアムの目の前からそれを奪《うば》う。

続けて隣《となり》にいるサラの手を無理やり掴《つか》むと、彼女がデザートを食べるのを阻止《そし》した。

が、フェリシアの行動の意味を理解できなかったフレデリクが、サラに暴挙を働くフェリシアを問答無用で取り押さえてくる。

彼女だけでなく、ウィリアムの護衛も主人を守るように前に出た。

「血迷いましたか、王女殿下」

ハスキーな、それでいて冷徹《れいてつ》な声が落ちてくる。両手を男の力で拘束《こうそく》されて、痛みに顔を歪《ゆが》めた。

「血迷っているのはおまえだ、フレデリク！」

しかし、そこに鋭《するど》い叱責《しつせき》が飛ぶ。

先ほどと同じく怒っている声なのに、さっきより余裕《よゆう》のないその声の持ち主は、止める護衛を押しのけてフェリシアの許《もと》に駆《か》け寄ってきた。

「なんの毒だい、フェリシア。まさか飲み込んだのか」

そこに、いつもの笑みはない。あるのは余裕をなくし、動揺《どうよう》を隠せない男の顔だ。

こんなときなのに、フェリシアはそれに喜ぶ自分を見つけてしまう。周りが騒《ざわ》めき出したことにも気づけないくらい、ウィリアムの珍《めずら》しい表情に見惚《みと》れた。

「でん、か。ごめ、なさ……」

「いい、謝るな。――すぐに医師を呼べ！」

「は、はいっ」

だんだんと混濁《こんだく》する意識の中、フェリシアは思う。

ごめんなさい。謝ったのは、毒を不用意に飲み込んだからではない。

こんなときなのに、あなたに心配してもらえたことが嬉《うれ》しくて、むしろ喜んでしまったことを謝ったのだ。

まぶたを完全に閉じる、その間際《まぎわ》。

泣きそうにこちらを見ていたレベッカが、やけに印象的だった。

フェリシアが私室に運ばれると、すぐに医師により嘔吐剤《おうとざい》を飲まされた。胃の中にある毒を吐《は》き出させるためだ。盛られた毒が何かわからないうちは、そういった処置を取ることが多い。

実際フェリシアも、姉から毒を盛られたとき、何度もそうして毒を吐き出したことがある。

彼女が常に嘔吐剤を持ち歩いているのはそのためだ。

今回はそれを飲む間もなかったため、大人しくされるがまま宮廷《きゅうてい》医師の処置を受ける。

毒に慣れているはずのフェリシアでさえこうなるのだから、相当強力な毒だったのだろう。

意識は朦朧《もうろう》とするのに込み上がる吐き気は抑《おさ》えられない。苦しい闘《たたか》いの中、それでも頑張《がんば》れたのは、ウィリアムの声があったからだ。

「頑張って、フェリシア」

「私が悪かった」

「お願いだから置いていかないでくれ」

いつにない切ない声が、フェリシアの心を奮《ふる》い立たせた。彼にこんな声を出させたくない。彼にこんな声は似合わない。こんな――弱々しく、今にも泣きそうな声なんて。

だから頑張った。そうして、あらかた吐き切ったあと。

「それでは殿下、私は詳《くわ》しい毒の種類を突《つ》き止めて解毒《げどく》薬を調合してきますので、あとはお任せしてもよろしいですか？」

「もちろんだ。早急に薬を作ってくれ」

「かしこまりました。もし何かあればすぐにお知らせください」

年老いた医師は立ち上がると、そのままフェリシアの部屋を出て行った。

それを見送って、ウィリアムはフェリシアの額に張りついた髪《かみ》を払《はら》いながら、静かにライラに命じる。

「ライラ、すぐにレベッカとメイドたちを呼んできてくれるかい。それと、毒味《どくみ》役もだ」

「御意《ぎょい》」

まもなくして、呼び出された面々が集《つど》う。彼らはフェリシアの寝室《しんしつ》の隣、応接室にて深く頭を下げていた。

その顔は血の気をなくし、気味が悪いほど白くなっている。きっと、自分たちを絶対零度《れいど》の瞳《ひとみ》で見下ろすウィリアムに、今にも死刑《しけい》を宣告されるのではと思っているのだろう。

「私に何か言うことがあるね？」

「も、申し訳ございませんでした！」

「それは何に対する謝罪だい？」

先に口を開いたのは、毒味役の男だった。レベッカは恐怖《きょうふ》のあまりまともに話すこともできなそうだ。

「じ、自分は、毒味役でありながら、王女殿下の毒味を怠《おこた》っておりました」

「それはどうして？」

「あ、あの、それは……」

このとき、毒味役の男がレベッカをちらりと見た。それを辿《たど》るように、ウィリアムもまたレベッカに視線を移す。

そんな二人の視線を受けて、レベッカの身体《からだ》は硬直《こうちょく》した。事の重大さを、こうなって初めて気づいたといった様子だ。

「わた、しが、そうしないかと、提案、しました」

「へぇ、君が？」

侍女《じじょ》ごときが？　と、そんな隠れた声が聞こえる。

「も、申し訳ありません！　だってまさか、こんなことになるんて。私はただ、ちょっとお腹《なか》を壊《こわ》せばいいと思っただけなんです！　聖女様に幸せになってもらいたくて、ちょっと脅《おど》かそうと思っただけで！　それがあんな……あんなことになるなんてっ。でも、薬はわた――」

「本当に申し訳ありませんでした！　俺は彼女を止められたのに、止めませんでした。薬はやりすぎだと言ったんですけど、その、彼女が聞いてくれなくて」

「はあ!?　なに言ってんのよ！　あれはっ」

　レベッカと毒味役の男が喧嘩《けんか》を始める。しかしそのとき、タイミング悪くサラがこの部屋に入ってきた。フェリシアの様子を見に来たのだろう。

扉《とびら》で立ち尽《つ》くす彼女の顔は、死人のように生気がない。

「い、まの、本当ですか？　私の、ためって」

「聖女様!?」

　レベッカが絶望の声を上げる。まさかいると思ってなかった聖女《かみさま》がいて、彼女はこれまで以上に狼狽《うろた》えた。レベッカにとって、サラにだけは自分のしたことを知られたくなかったからだ。

　しかしサラはそんなことよりも、自分のせいでフェリシアがあんなことになったという事実に頽《くずお》れそうになっていた。

「サラ。気持ちはわかるけど、とりあえず中に入っておいで。そのままでは外に聞こえる」

淡々《たんたん》と促《うなが》すウィリアムに頷《うなず》くこともできず、代わりにフレデリクがサラを部屋の中へと連れてくる。

扉を閉め、一人では立っていられないサラを椅子《いす》に座らせたフレデリクは、無言でウィリアムの前に立つ。首を差し出すように頭《こうべ》を垂れた。

「殿下《でんか》、このたびは誠《まこと》に申し訳ございませんでした。処分は如何様《いかよう》にも。どうやら俺は、王女殿下のことを深く勘違《かんちが》いしていたようです」

「……おまえに関しては、見守ろうと悠長《ゆうちょう》に構えた私も悪い。その反省も含《ふく》めてあとで色々と教えてやるから、覚悟《かくご》しておくといいよ」

「承知しました」

「さて、本題は――」

ウィリアムが再びレベッカたちに意識を向ける。今からどんな処分が下るのかと思うと、この場の全員が背中を丸めずにはいられなかった。

いっそ気絶したいと思えるような緊張《きんちょう》の中。

「まずはそうだね、レベッカ、おまえには訊《き》きたいことがある。連れていけ」

「は」

「え、うそ、嫌《いや》です殿下っ。ごめんなさい！　謝るから許し――」

「次に他《ほか》の者たちだけど」

ウィリアムはレベッカの懇願《こんがん》など歯牙《しが》にもかけず、また騎士《きし》に引っ立てられる彼女に見向きもしなかった。それは今まで見てきた優《やさ》しい王太子とは似ても似つかない冷たさで、レベッカをどん底に突き落とす。

結局、ウィリアムが彼女を視界に入れることは最後までなかった。

「大丈夫《だいじょうぶ》、そう怯《おび》えることはないよ。もしかして処刑《しょけい》でもされると思ってる？　まさか、私がそんなことを宣告すると？」

まるで心外だ、と言わんばかりのウィリアムに、残った面々は少しだけ緊張を解く。実行犯でない自分たちには、殿下もそこまで怒《おこ》っていないのかも、と。

しかし。

「残念だよ。私がそんな優しい王太子に見えていたなんて。愛《いと》しい婚約《こんやく》者を目の前で殺されそうになって、そんな生ぬるい処分を私が下すと思ったの？」

「――――！」

「フェリシアが飲んだ毒と同じものを飲んで苦しむかい？　それとも、もっと時間をかけて、ゆっくりと死に向かう毒でも盛ってあげようか」

「あ、ああ、あああっ」

「殿下、申しわけ、申し訳ございませんっ。それだけは……それだけは……っ」

「不思議だね。なぜ許されると思ったんだい？　メイドが主人のものを盗《ぬす》むなんてレベルじゃない。これはもう、君たちがしていた嫌がらせの範疇《はんちゅう》を超《こ》えた。私が何も知らないとでも？」

「そ、それは」

「わかるね。君たちも、やってはならない一線を超えたんだ。ならば辿《たど》り着く結末は一つだろう？　苦痛を味わって逝《い》け。心配しなくても、骨はちゃんと拾ってあげよう」

そう言って酷薄《こくはく》に微笑《ほほえ》む王太子を、彼らは奥歯を鳴らしながら見上げることしかできなかった。


フェリシアは、なんだか久々に強烈《きょうれつ》な毒を味わったなと思いながら、ゆっくりと意識を覚醒《かくせい》させた。

冷静に自分の身体を分析《ぶんせき》する。痺《しび》れはない。動かない箇所《かしょ》もない。痛みも、吐《は》き気も、驚《おどろ》くほど後遺症《こういしょう》は残っていない。

（すごいわ。さすが宮廷《きゅうてい》医師。あれほどの毒を食《く》らっても後遺症一つないなんて……今度お礼ついでに色々とお話しさせていただこうかしら）

フェリシアはどこまでいってもフェリシアだった。

周りが色んな意味で顔を青ざめさせたあの出来事だったが、彼女は目を覚ましたその瞬間《しゅんかん》から通常モードである。

　しかし、その通常モードが早くも崩《くず》れ去ったのは、ライラによってフェリシアの目覚めを聞いたウィリアムたちが、この部屋に押し寄せてきたときである。

「フェリシア……よかった……っ」

「で、殿下っ？」

　いきなりぎゅっと身体を抱《だ》きしめられて、嫌でも心拍数《しんぱくすう》が上がる。抱きしめられる前に見えた彼の顔は、たぶんいつもの仮面ではなかった。

　だから余計に鼓動《こどう》が加速したのに、フェリシアの身体をそっと離《はな》したウィリアムは、もう常の仮面を装着していた。変わり身の早さにぽかんとする。

「それでフェリシア、身体の調子はどうだい？　相当強い毒だったと聞いたから、かなり苦しかっただろう？」

「え、あ、いえ。そうでも――」

「苦しかっただろう？　フェリシア」

　有無《うむ》を言わせない圧力に、思わず「あ、はい」と答えてしまいそうになる。まるで苦しかったと言わせたいみたいだ。頬《ほほ》は知らずと引きつっていた。

「ああ、かわいそうなフェリシア。何も言えないほど苦しかったんだね？　恐《おそ》ろしい思いもしたんだろうね。なにせ、もう少しで死ぬところだったんだから」

そのわざとらしい話し方には、ついに口角もひくついた。

しかしフェリシアはそこで気づく。自分の口角がひくついたと同時、後ろに控《ひか》えている使用人たちがびくりと肩《かた》を揺《ゆ》らしたことに。

「毒を盛った犯人については心配しなくていい。目下捜索《そうさく》中だけど、あらかた目星はついたから。でもね、その共犯者というわけではないけれど、ある意味その一端《いったん》を担《にな》った者たちなら連れてきたんだ」

びくびくっ。面白《おもしろ》いくらい使用人たちの動きが揃《そろ》う。

「さあ、フェリシア。彼らのこと、煮《に》るなり焼くなり毒を盛るなり、好きにしていいよ」

彼がとびきりの笑《え》顔《がお》で言う。

フェリシアは思った。

(いったいなんの茶番なの、これは)

ヴェールの下の目は、すでに遠い目をしている。

ウィリアムの演技めいた言葉。それに怯える使用人たち。その中には顔見知りもいれば、全く知らない人間もいた。最初は誰《だれ》だろうと思っていたが、なるほど、なんとなく状況《じょうきょう》が読めたフェリシアである。

(ようするに、彼らが私に嫌がらせをしていたってことね)

メイドだけでなく、ちらほら男性使用人もいることに驚く。

しかし解《げ》せないのは、ウィリアムだ。彼は労《いたわ》るようにフェリシアの手を握《にぎ》ってくれている反面、その瞳《ひとみ》の奥には何かを企《たくら》んでいる気配がある。いったい何を考えているのか。

「その前に、教えてほしいのですけど」

「うん？」

「一端ということは、彼らも毒を盛った人間の仲間ということですか？」

「残念ながら仲間ではないよ。嫌がらせとして、君の毒味《どくみ》をわざとしなかったと証言している。裏も取れた」

「まあ、それはまた……」

（そんな嫌がらせの方法もあったの）

変に感心してしまったフェリシアだ。

（でもそう、犯人じゃないのね）

なら、フェリシアとしては彼らのことなどどうでもいい。彼らは自分にだけ危害を加えようとした者たちだ。そこにウィリアムやサラが含まれていないのなら、どうでもいい。

「わかりましたわ、殿下。それなら、彼らの処分は殿下にお任せします。わたくしはもう少し休ませていただいても？」

「そうだね。それがいい。君をこんな目に遭《あ》わせた人間のために、君の手を煩《わずら》わせることもないからね」

（？　何かしら。今さらだけど、なんか違和感《いわかん》が……）

あるような、ないような。

それは、ウィリアムの矛盾《むじゅん》する表情と声音《こわね》が原因だった。

声音は、そう。極限まで煮《に》詰《つ》めた怒《いか》りをたっぷりと塗《ぬ》りつけるようなのに、フェリシアにだけ見える彼の表情は、癖《くせ》のある男が見せる挑発《ちょうはつ》めいたものだった。

だからフェリシアには、彼がただ怒っているだけではないことがわかる。何かを企み、まさに実行している者の顔だ。

そう思うと、使用人たちの処分を彼に任せていいものか、疑問が頭をよぎる。

それを肯定《こうてい》するように、ウィリアムとは反対側のベッドサイドに近づいてきたライラが、フェリシアにそっと耳打ちした。

「王女殿下《でんか》、一つお話しできるとすれば。我々は王女殿下からのお咎《とが》めがない場合、全員ウィリアム殿下より服毒を命じられています」

「……なんですって？」

これには大きく目を開けた。

それはつまり、ここにいる使用人たちの命が、フェリシアの両肩《りょうかた》にかかっていると言っても過言ではない。

今まで他人の命を預かったことのないフェリシアにとって、それは非常に頭を抱《かか》えたい事案である。何かの冗談《じょうだん》かとウィリアムを窺《うかが》えば、彼はさらに楽しげに瞳を細めた。

直感する。

(まさかライラにそう言うように命じたのも、この人ね……!)

でなければ、命乞《いのちご》いとも取れる告げ口を、まさかウィリアムの前でするはずがない。

(なんなの？　いったい私に何をさせたいの、この方は)

彼の意図が全く摑《つか》めない。何かを自分にさせたいのだろうことはわかるけれど、肝心《かんじん》の何をさせたいかが読み取れない。

改めて後ろの使用人たちを見やると、彼らは死刑囚《しけいしゅう》よりも悲惨《ひさん》な顔つきをしていた。

「……ウィリアム殿下」

「なにかな、フェリシア」

彼の声は、フェリシアが次に何を言うかと期待しているものだった。

それがとても気に食わない。ついでに言うなら腹立たしい。

その、何もかもを見透《みす》かしたような瞳も。どうせ自分は、彼の期待しているものと寸分違《すんぶんたが》わないことを言ってしまうのだろうとわかるから。

「彼らの処分ですけど、やっぱりわたくしに任せていただいても？」

「なんだい、そこの侍女《じじょ》に何か吹《ふ》き込まれたのかい？」

（なんて白々しい……！）

つい頬を膨《ふく》らませてしまったが、ヴェールが隠《かく》してくれているので問題ない。

「いいえ？　やはり毒を盛られたのはわたくしですし、意図せずとはいえ、その一端を担った者たちです。国の法ではなく、最初にわたくしに判断を委《ゆだ》ねたということは、表沙汰《おもてざた》にはされていないのでしょう？　それではわたくしの気が済みませんわ」

「ふふ。さすがフェリシア。聡《さと》い女性は好きだよ」

「まあ、光栄ですわ。だったらお許しくださいますね？」

「もちろんだ。彼らの処遇《しょぐう》は君に任せよう」

そう言ってウィリアムが立ち上がる。

なんて厄介《やっかい》なことを引き受けてしまったんだろうと、フェリシアは頭を抱えていた。だから、ふいに顎《あご》をすくわれて、フェリシアは無抵抗《むていこう》で顔を上げさせられてしまう。そして。

「それじゃあ、今日はもうゆっくりお休み、フェリシア」

――ちゅ。と。

ぽけっとしていたところにキスをされて、一瞬《いっしゅん》で我に返る。

「なっ、え⁉」

ヴェール越《ご》しじゃない、直接頬に触《ふ》れた温《ぬく》もりに、フェリシアは本気で心臓が止まるかと思ったのだった。

それからしばらくは、この部屋に微妙《びみょう》な沈黙《ちんもく》が落ち続けた。部屋の主人であるフェリシアが、ぷるぷると身を震《ふる》わせながら何も言わないからだ。

ヴェールで表情がわからないから、使用人たちは余計にどうしたものかと迷っている。

「あ、あのぅ、王女殿下？」

耐《た》えかねた一人が、恐《おそ》る恐る声をかけた。

それをきっかけに、ついにフェリシアの怒りが爆発《ばくはつ》した。

「〜っさいっっあくだわ!!」

何がって、もちろんウィリアムのことである。

「何よ今の!? 私を殺す気なのは殿下のほうじゃない！ 一人で勝手に楽しんで……っ。だいたい、ひ、人前であんなこと……ありえないわよね!?」

「「えっ」」

雑に話を振《ふ》られた使用人たちは、みな等しく困惑《こんわく》した。だって今は、愚《おろ》かな自分たちにいったいどんな処分を下すのかと、王女の沙汰を待っている最中である。そんなときに何かを返せるはずもない。

しかし男性に免疫《めんえき》などないフェリシアにとって、人前で頬《ほほ》とはいえキスをされることは、羞《しゅう》恥《ち》を通り越《こ》して怒《ど》髪天《はってん》ものの案件だった。

それがたとえ、照れ隠しだったとしても。

「だって普通《ふつう》に酷《ひど》いじゃない！　ああいうことは、二人きりのときにするものでしょう？　それをあんな……って違《ちが》うわよ!?　別に二人きりのときならいいとか、そういう意味ではないのよ!?　え、ないわよね!?」

混乱しきったフェリシアは、自分でも何を言っているのかわからなくなっている。そんな彼女を、使用人たちは目を丸くして見ていた。

彼らにとってのフェリシア王女とは、聖女を乱暴に扱《あつか》った、そして聖女と王太子の仲を邪魔《じゃま》する悪女とも言える存在だったのだ。決して、キス一つで動揺《どうよう》するようなかわいい王女様ではなかった。

なのに、これはどういうことだろう。やはりこれまでのことは誤解だったのだと、彼らは聖女に言われたことを思い出す。

『私は、フェリシアさんを友達だと思っています。舞踏《ぶとう》会で気後《きおく》れしていた私を導いてくれたのは、他《ほか》でもないフェリシアさんです。彼女を傷つけることは二度と許しませんから！』

普段《ふだん》穏《おだ》やかな聖女が、初めて見せた怒りだった。

「あああダメだわ。冷静に、少し冷静になりましょう。いっそ頭の中から消しましょう。なかったことにすれば問題ない……ってあら？　今さら思ったけど、あの方、サラ様と恋仲《こいなか》なのよね？　ということは――立派な浮気《うわき》じゃない！」

「と、とんでもございません！　殿下は浮気などしておりませんっ」

啞然《あぜん》としていた間に恐ろしい誤解をし始めた王女に、使用人たちは慌《あわ》てて首を横に振る。

「？　でも恋人《こいびと》がいるのに」

「違うのです。そもそも、前提からして勘違《かんちが》いなのです」

フェリシアは小首を傾《かし》げた。かわいらしく、とはいかず、最大限に眉根《まゆね》を寄せながら。

「どういうこと？　前提って、つまりどこのことを言ってるの？」

「じ、実は、今回のことをご自分のせいでもあると仰《おっしゃ》って、聖女様がその胸の内を明かしてくださったのです。聖女様が想《おも》いを寄せていらっしゃったのは、ウィリアム殿下ではなく、騎士《きし》のフレデリク・アーデン様だったのです！」

「……え？」

爆弾《ばくだん》投下並みの種明かしに、フェリシアの反応は遅《おく》れた。だって今、とってもありえない展開を聞いた気がする。

「ちょっとお待ちになって。誰《だれ》が、誰を、想っているですって？」

「ですから、聖女様が、フレデリク・アーデン様を、です」

二度目の爆弾が投下された。さすがのフェリシアも、今度はその意味をしっかりと理解する。

「どういうこと!?」

「大変申し訳ございませんでした！　私たちはみんな、酷い勘違いをしていたのです！　ですので王女殿下《でんか》におかれましては、そのお怒《いか》りはもっともで」

「違うわよ！　怒《おこ》ってなんかないわ！　これは驚《おどろ》いているだけで……むしろあの毒のことを言っているのなら、今までで一番効き目がよくて好奇心《こうきしん》が湧《わ》いたから何の毒か教えてほしいくらいには気に入ったわよ！」

え……？　と全員がぽかんとする。

しかしフェリシアはそれに気づくことなく、ぶつぶつと続けていた。

「おかしいわ、本当にどういうこと？　だってあれは完全にウィリアムルートじゃない。舞踏会でダンスを踊《おど》ってるし、湖でボートにも乗ってるし、魔物《まもの》の襲撃《しゅうげき》のときは助けにも来たわ」

「いいえ、王女殿下。それは殿下の勘違いです」

「ひっ」

思考に沈《しず》んでいたフェリシアの横から、ライラがぬっと現れる。

今まではあまり喋《しゃべ》らない侍女だと思っていたけれど、どうやら今日はよく喋るようだ。

「初日の舞踏会のダンスでしたら、サラ様はウィリアム殿下だけでなく、フレデリク様や他の男性とも踊っております」

「え？」

「そして湖のボートですが、あれは殿下ではなくフレデリク様と楽しんだものです。また王都で魔物の襲撃があったとき、殿下はサラ様ではなく、あなた様を助けに行かれました。なぜなら殿下は知っていたからです。エマ様の正体を」

「――！」

弾《はじ》かれたようにライラを見る。そこでようやく、フェリシアはいつかに感じた違和感《いわかん》の正体を知った。

そうだ。あのときのフェリシアは、エマだった。なのに助けに来た彼は、最初から最後までエマのことを〝フェリシア〟と呼んでいた。

あのときは意識が朦朧《もうろう》としていたこともあり、全くその違和感に気づけなかったのだ。

「ですので、あの方がサラ様と恋仲というのは、一部が勝手に流した噂《うわさ》にすぎません」

「そんな……じゃあまさか、最初から？　最初から、私のこと……」

「それだけではありません。私はウィリアム殿下の命令で王女殿下付きの侍女《じじょ》として潜入《せんにゅう》しておりましたが、本職は騎士です。殿下が男の騎士をつけたくないと仰ったため、私が派遣《はけん》されました。私の任務は、王女殿下の護衛及《およ》び嫌《いや》がらせの調査でした」

明かされた真実に、フェリシアの身体《からだ》から力が抜《ぬ》ける。腹の底から沸々《ふつふつ》と込み上がってくるこの感情は、いったいなんと表現すればいいのだろう。怒り。羞恥。悲しみ。それと……。

一つ一つの感情が形を失うくらい、心の中はぐちゃぐちゃだ。

「ふ、ふふ、じゃあなに？　わたくしの状況《じょうきょう》は、殿下に筒抜《つつぬ》けだったって事なのね？　なのに殿下は黙《だま》っていて、エマのこともお見通しで？」

「そうなります」

「まあ、そうなの。王女のくせに土いじりするわたくしを見て、心の中では笑っていらしたということ？　嫌がらせのことも放置して、それでこんな事件を引き起こして……」

ふふふ、とあまりにおかしくて笑いが止まらない。こんな惨《みじ》めなこともないだろう。

百歩譲《ゆず》って、嫌がらせのことはいい。使用人たちのかわいい悪戯《いたずら》くらい自分でどうにかできなければ、王宮という伏魔殿《ふくまでん》では生き残れないからだ。

それを助けてくれなかったからといって怒るのは、筋違《すじちが》いだろう。特にフェリシアは、生まれながらの王族なのだから。

それでも、せめて少しくらい何か言ってくれてもよかったのにと思うのは、甘えだろうか。

「いいえ、王女殿下。一つ訂正《ていせい》させていただくなら、ウィリアム殿下は放置していたわけではありません」

「あら、というと？」

「王女殿下の食事の代わりになるよう、野草園を整えそこに調理場を設けました。といっても、もともとそんなことが起きる前から、そこは王女殿下のために用意していたものですが。ウィル様がしつこく野草を持っていったのは、あなたにあの場所を遠回しに伝えるためです」

「……回りくどすぎるんじゃないかしら」

「私もそう思います。ですが他にも、ウィル様が王女殿下《でんか》に会いに行くときは、必ず昼食の時間にかぶせていたことにお気づきでしたか？　あれも、ウィル様なりのフォローです」

「……だから、遠回しすぎじゃないかしら。だったら普通にウィリアム殿下が食事に誘《さそ》ってくだされればよかったと思うのは、わたくしだけ？」

「いいえ、私もそう思います」

なんか深く同意された。

「ですが、ウィリアム殿下曰《いわ》く、殿下は王女殿下に甘え方を学んでほしかったそうですよ。というより、ただ頼《たよ》られたかったらしいです。なのに一向に頼ってもらえないから、拗《す》ねて、仕方なしに遠回りなやり方で王女殿下を助けていらっしゃいました」

「それどんな鬼畜《きちく》よ!?」

「ご愁傷《しゅうしょう》さまです」

あれ、今度はなんか同情された。心なしか、使用人たちも憐《あわ》れみの眼差《まなざ》しを向けてきている。

「っもういいわ！　あの方がどれだけ腹黒で鬼畜なのか、よぉくわかったわ！　──みなさん！」

「「はいぃ！」」

突然《とつぜん》呼ばれて、使用人たちが一斉《いっせい》に姿勢を正す。

「お喜びになって？　おかげさまでみなさんの処遇《しょぐう》が決まったわ。ふふふ、もうこの際あのイベントを利用してやろうじゃないの。わたくしを怒らせたこと、絶対後悔《こうかい》させてやるんだから！」

高らかに宣言するフェリシアを見て、ライラは溜息《ためいき》の下で密《ひそ》かに思う。

——夫婦《ふうふ》喧嘩《げんか》は犬も食わない。

フェリシアの知るゲーム最後のイベントは、悪役が婚約破棄《こんやくはき》される聖イレーネ祭が舞台《ぶたい》だった。

その祭りは、もともと聖女のための祭りである。神殿《しんでん》に囲われ祭りも楽しめない聖女のために、当時の人々が始めたらしい。イレーネとは、そのときの聖女の名前なのだとか。

街はたくさんの花飾《はなかざ》りで覆《おお》われていて、メインストリートにはイレーネの横顔が花で表現されている。

そして街だけでなく、この日は王宮も一層の華《はな》やかさを見せていた。舞踏《ぶとう》会のごとく輝《かがや》くシャンデリアと、花々が王宮中に咲《さ》く祭りならではの様は、思わず心も浮《う》き立つというもの。紳士淑女《しんししゅくじょ》は煌《きら》びやかな変身を遂《と》げ、なかでも目を引くのが淑女たちだ。彼女たちは、それぞれ美しい仮面を身につけている。

なぜなら、もともとこの祭りは、聖女がそれと気づかれることなく楽しめるようにと考案されたものだからだ。女性が仮面をつけることで、この日ばかりは全員が聖女となり、女性は神のものとなる。そうして誰《だれ》が誰だかわからない中で、イレーネは、歴代の聖女たちは、思う存分羽目を外したことだろう。

やがて、最初はそれだけだった聖イレーネ祭も、時代を重ねるごとに色々な意味が追加されていく。

現代版聖イレーネ祭は、女性が仮面をかぶることで聖女に扮《ふん》し、神のものとなるところまでは同じだ。

しかし男性は、その神のものとなった女性を唯一の方法を用いて自分のものにできるようになった。

「ロサリーナ。君が僕のロサリーナだ！　これを受け取って結婚《けっこん》してくれ！」

王宮の回廊《かいろう》。そこかしこに仮面をつけた女性が歩いており、男性はそんな彼女たちを慎重《しんちょう》に観察している。

この光景をだんだん見慣れてきたフェリシアだったが、まさか自分に、祭りの名物とも言える〝求婚《プロポーズ》〟の白羽の矢が立つとは、びっくりである。

とりあえず、全くと言っていいほど見当違《けんとうちが》いな女に求婚している男の持つ一輪の赤薔薇《あかばら》を、フェリシアは容赦《ようしゃ》なく手折《たお》ってやった。

「ノォォオオッ！」

回廊に男の絶叫《ぜっきょう》が響《ひび》く。

周りの男性からは同情の眼差しが、女性からは侮蔑《ぶべつ》の眼差しが男に突《つ》き刺《さ》さる。

「容赦ないですね」

「容赦をしてどうするの。だってわたくしはあの方のロサリーナではないのよ」

後ろに付き従うライラからの淡白《たんぱく》な感想に、フェリシアも淡々《たんたん》と返す。

そう、この祭りには、現代版聖イレーネ祭として、名物の求婚《プロポーズ》なるものが存在している。

男性は仮面をつけた女性の中から自分の恋人《こいびと》を捜《さが》し出し、この人だと思った女性に一輪の赤い薔薇を渡《わた》す。このとき女性の名前を言うのがルールだ。

そして女性側は、呼ばれた名前が自分の名前だったら、差し出された薔薇を受け取る。逆に違《ちが》ったら、先ほどのフェリシアのように薔薇を折るのだ。

つまり、男性たちのチャンスは一度。その一度の求婚が、神のものとなってしまった女性を自分のものにできる、唯一《ゆいいつ》の方法である。

女性としては、このときに自分を見つけてもらい、求婚されたいという憧《あこが》れがあり。

男性としては、間違えられない極度のプレッシャーゆえに、なかなか油断できない祭り。

いわば、聖女である女性のための祭りである。

そして乙女《おとめ》ゲームでは、婚約破棄のための祭りだった。

（確かゲームでは、このときにウィリアムがヒロインに求婚するのよね。それで二人はハッピ

ーエンド。婚約《こんやく》者のフェリシアにとって、これほど屈辱《くつじょく》的なことはないわ）

でもフェリシアは、今回そのイベントを利用して、ウィリアムに仕返しを考えていた。

この作戦が成功すれば、フェリシアとはもちろんのこと、彼はサラとも結婚できない。さらには大勢の前で恥《はじ》をかくこと必至である。

「さあ、早く〝サラ様《わたくし》〟を見つけて求婚なさい。そのときがあなたのバッドエンドよ、ウィリアム殿下《でんか》！」

フェリシアの高らかな笑い声が響く。

ライラはそれを呆《あき》れた目で見ていたが、どうしてこんなことになったかというと、事はあの毒殺未遂《みすい》事件容疑者の処遇決定の時にまで遡《さかのぼ》る――。

「――決めたわ、あなた方の処遇」

フェリシアがそう言った途端《とたん》、部屋がしんと静まり返った。

妙《みょう》な緊張感《きんちょうかん》の中、フェリシアがついに言い渡す。

「聖イレーネ祭で、わたくしに協力なさい。そうすればあなた方のやったことは全《すべ》て水に流してあげましょう」

到底《とうてい》信じられないと言わんばかりの動揺《どうよう》が広がった。だってまさか、そんな軽い罰《ばつ》を言い渡されるとは思ってもいなかったからだ。

フェリシアは、その考えを否定させるように、にんまりと口元に弧《こ》を描《えが》く。

「あら、言っておくけれど、これは重大な任務よ？　その日わたくしは、サラ様になりすまします。だからあなた方は、その日一日だけわたくしをサラ様と思って接しなさい。どんなにわたくしを嫌《きら》おうと、わたくしをサラ様のように敬いなさい。そしてこの日、祭りへの参加を禁じます」

「え？　ですが、それでは王女殿下の仰《おっしゃ》るようにできないのでは……」

「参加を禁じるのは、名物である〝求婚《プロポーズ》〟への参加ですわ。今年はわたくしのためだけに尽《つ》くしなさい。それがわたくしの与《あた》える罰でしてよ。そしてわたくしは、サラ様と勘違《かんちが》いしてわたくしに求婚した殿下を、害虫を見るような目で蹴散《けち》らしてやりますわ！」

おーほっほっほ、と笑うフェリシアは、間違いなくこのときばかりは悪役だった。

「お、お待ち下さい、王女殿下。なぜわざわざそんなことを？　聖女様は王太子殿下ではなく、フレデリク様を慕《した》っています。ですから、お二人は恋人なんかでは……」

「ええ、恋人ではないようね。でも、ウィリアム殿下はどうかしら？　あんなに素直《すなお》で可憐《かれん》な方だもの。殿下がサラ様を好いているのはわかっていてよ。だからこそお祭りで恥をかかせて、それを理由に婚約を破棄《はき》してやるのよ。ええ、それほどわたくしは怒《おこ》っているの。絶対、絶対に許さないんだから……！」

フェリシアの心は、色々と積み重なって荒《あ》れに荒れていた。

対して冷静なライラは、ここで現状を分析《ぶんせき》する。

もしこれが、本気でウィリアムを嫌《きら》っての発言だったならば。

ライラは血相を変えてウィリアムの許《もと》に走っただろう。なにせ、食堂で彼女が婚約破棄を口にしたとき、いまだかつてない主人の怒《いか》りを目《ま》の当たりにしたからだ。あれは泣く子も黙《だま》るどころか永眠《えいみん》しそうな恐《おそ》ろしさだった。

その再来を防ぐためなら、ライラは汗水《あせみず》も鼻水も垂らして全力疾走《しっそう》するつもりである。

でも、今回は違う。違うようだと、フェリシアの怒る姿を見て思う。なんとなく微笑《ほほえ》ましいのは気のせいか。ついでにそれを見て同じように使用人たちも和《なご》んでいるのは気のせいか。反省しているのだろうか、彼らは。

まあ、おそらく彼らには、あとからウィリアムより正式な沙汰《さた》が下されるだろう。だってこの茶番も、全てはあの腹黒殿下の手の上で踊《おど》らされているだけなのだから。

そしてこの茶番の一番の被害者《ひがいしゃ》は、紛《まぎ》れもなく目の前で怒りの炎《ほのお》を燃やしている彼女である。

少しくらい好きにさせたって、あの殿下は微笑ましく受け入れることだろう。

「いいこと、みなさん！　ということで、わたくしは聖イレーネ祭に賭《か》けているの！　素晴《すば》らしい演技を期待しているから、全力で臨《のぞ》んでちょうだいね！」

「わかりました。では誠心誠意お手伝いさせていただきます。全ては王女殿下の御心《みこころ》のままに」

ライラが頭《こうべ》を垂れると、他《ほか》の使用人たちも一斉《いっせい》に倣《なら》う。

それを満足そうに見やって、フェリシアは勝ちを確信した瞳《ひとみ》で微笑んだ。


そうして迎《むか》えた当日。

フェリシアはサラと同じ髪色《かみいろ》のカツラをかぶり、ぱっと見はサラに寄せている。それから仮面で顔を覆《おお》い、聖女だけが身につけることを許されているという腕輪《うでわ》を借り、身につけていた。

「サラ様、準備はできまして？」

「フェリシアさん！　あの、どうですか？　私、ちゃんとフェリシアさんに見えますか？」

「ええ。仮面で顔を隠《かく》してしまえば、もうわたくしですわ。ですが、本当によろしかったの？」

フェリシアは今一度確認《かくにん》するように訊《き》いた。

というのも、フェリシアは当初、サラを巻き込むつもりはなかったのだ。

サラには歴代聖女のように祭りを楽しむ資格がある。それに、今回のことについて、サラにはなんの非もない。本人は噂《うわさ》を放置しすぎた責任があるから、と言うけれど。

「全然大丈夫《だいじょうぶ》です！　だから私にも手伝わせてください。一緒《いっしょ》にウィリアム殿下を騙《だま》して、ぎゃふんと言わせてやりましょうね！」

「サラ様……」

彼女はあのことがあってから、ウィリアムのことを呼び捨てにしなくなった。これも噂を広めた一因だろうと考えたらしい。他にも呼び捨てていた男性はいたそうだが、想《おも》い人以外には呼ぶのをやめたのだとか。

やはり良い子なのだ、彼女は。

ウィリアムが自分を好いているというフェリシアの考えを否定してはいたけれど、フェリシアの怒りを慮《おもんぱか》ってくれたのだろう。今ではノリノリの共犯者となっている。

「ありがとうございます、サラ様。でも、フレデリク様にはちゃんと言ってはいかが？」

「いいえ、言いません。そもそも私、フレデリクには殿下との噂をちゃんと否定しているんです」

「え⁉」

「彼への好意だって隠さなかったのに……。でも、全然伝わってなかったみたいですね」

へにゃり。サラが苦笑《くしょう》する。

「なんてこと……まさかフレデリク様が、救いようのない朴念仁《ぼくねんじん》だったなんて……」

思わず素《す》で言ってしまったら、サラの瞳がうるっと光った。

「あ、あの、私、本当に頑張《がんば》ったんです。ちゃんと、頑張ったんですよ？」

「ええ、そうね。そこは疑ってないわ」

「頑張って、ただ振《ふ》り向いてほしくて、とにかく必死にアピールしたんです。でも全然ダメで、本当は辛《つら》くて、誰《だれ》かに相談したかったのに、私は、聖女だから……っ」

「ええ、ええ。ここの人たちは、聖女を神聖化してるものね。だから相談しづらかったのね」

「そっ、なんです。だから、私っ」

「大丈夫よ。今ならわたくしの胸が空いてるわ」

力強く胸を叩《たた》くと「うわあああん！」とサラが大泣きしながら飛び込んできた。しゃくり上げる彼女の背中を、ゆっくりと撫《な》でる。

「フレデリクったら、酷《ひど》いんです。私が落ち込んでるときに限って『殿下があなたを幸せにしてくれますから』って言うんですよ。も、意味、わかんなくてっ。私、遠回しに、振られたんですかっ？」

「まあ！　そんなことを言ったの？　あの朴念仁様は。本当に酷いわね。どうせ自分じゃ殿下のようにサラ様を幸せにできないから、とか勝手に思い込んで身を引いただけよ。バカだわ」

自分も色々と思い込んで勝手に身を引こうとしていることは棚《たな》に上げているフェリシアである。

「でも、それでもサラ様は、フレデリク様がいいのでしょう？」

「……はい。私は、フレデリクが好きです」

「ならやっぱり、あなたは幸せにならなくちゃ。わたくしのことを応援《おうえん》してくれるのは嬉《うれ》しいけれど、それでサラ様の幸せが壊《こわ》れてしまっては悲しいわ。わたくし、悲しみのあまり罪悪感でトリッキーを食べてしまいそうよ」

「ト、トリッキー？」

かわいらしく小首を傾《かたむ》けるサラに、

「正式名称《めいしょう》トリカブト。世界で有名な毒草です。ちなみに王女殿下《でんか》がそう言った場合、本当に食《しょく》されてしまうので絶対に幸せになってください、サラ様」

横からライラが説明した。彼女がトリッキーについて知っているのは、密《ひそ》かにエマのあとを尾《つ》けていた成果と言えよう。

「ど、毒草ですか⁉ それ普通《ふつう》に死んじゃうやつじゃないですか！ 絶対食べちゃダメですよ、フェリシアさん！」

「大丈夫よ。あなたが幸せになってくれるなら食べないもの。ね？」

「……それ、ずるいです」

ぷうと頬《ほほ》を膨《ふく》らませるサラに、フェリシアはゆっくりと口端《こうたん》を上げて。

「ふふ、仕方ないわ。なんていってもわたくし、悪役ですから」

どこか艶《つや》めいたその笑《え》みは、彼女を悪女とも、女神《めがみ》とも思わせた。

サラはそれに見惚《みと》れながら、照れたようにはにかんで言う。

「じゃあ私は、その取り巻き一号ですね！」

どこまでも純粋《じゅんすい》な彼女に、フェリシアは思わず吹《ふ》き出してしまった。

そんな彼女だから、巻き込みたくはなかったのに。

「あとは、フェリシアさんのペンダントをつければ完璧《かんぺき》ですね」

なおも手伝う意思表示をするサラに、結局折れたのはフェリシアだった。

「ええ。それじゃあ受け取ってくれる？　でも絶対に中身は口にしちゃダメよ。死んだほうがマシだと思うくらいの吐《は》き気に襲《おそ》われるから」

「絶対口にしません！」

そうして二人は入れ替《か》わった。


全《すべ》ての準備が整い、フェリシアは待ちに待った舞踏《ぶとう》会会場にいた。

この祭りのフィナーレは、王宮で開催《かいさい》される舞踏会だ。王侯《おうこう》貴族たちはそこでパーティーを楽しみ、平民はそれぞれの街で開かれるパーティーを楽しんで締《し》めとなる。

そして、名物の〝求婚《プロポーズ》〟が最も多くなされるのが、このパーティーのときだった。

乙女《おとめ》ゲームの求婚もこの舞踏会のときにされる。だからフェリシアは、より一層気合を入れて臨んでいた。

「ではライラ、パーティーの間はわたくしから離《はな》れていてね」

「御意《ぎょい》」

というのも、ライラはフェリシアの侍女《じじょ》だからだ。平均より小柄《こがら》な彼女は、仮面をつけていても身バレしてしまう。そのため、パーティーのときはサラにつくよう言ってある。

代わりにサラに扮《ふん》したフェリシアの周りには、聖女の付き人を装《よそお》った女性を三人つけていた。

聖女の髪色に、聖女の腕輪。おまけにパーティーでも付き人が離れない、いかにも大切な御《ご》仁《じん》ですこの方は！　というアピール。

（完璧だわ）

　フェリシアはほくそ笑んだ。

　実際何人かの男性が、聖女と勘違《かんちが》いしてダンスを誘《さそ》いにも来てくれた。適当に踊《おど》ったが、当のウィリアムはなかなかこちらに寄ってこない。

　ちらりと様子を見た彼は。

「ねぇ、決まった人はいらっしゃって？　もしいないのであれば、今宵《こよい》誰《だれ》のものにもなれない哀《あわ》れな私を、美しいあなたが慰《なぐさ》めてくれないかしら」

「これはレディ。大胆《だいたん》なお誘いですね。ですが今宵、あなたは神のものだ。私ではあなたを奪《うば》えませんよ」

「まあ、お上手なこと」

　めちゃくちゃ女性に囲まれている。どういうこと、とフェリシアはこめかみに青筋を浮《う》かべた。

（でもそうだわ、確かこのお祭り、無礼講って言ってたわね）

女性は仮面を身につけるけれど、男性は仮面を身につけない。

よって、この祭りのときだけは、女性は遠慮《えんりょ》を知らないのである。普段《ふだん》はお近づきにもなれないような男性に近づき、時には口説くことさえあるという。

（だからってなんで口説かれてるのよ、あの人はっ）

仮にも乙女ゲームのヒーローだろう。ヒーローなら他《ほか》の女に口説かれる隙《すき》もなく、真っ先にヒロインを見つけて求婚しろと言いたい。

（それとも、やっぱり偽者《にせもの》には惹《ひ》かれないとか……？）

少し不安になってきた。自分では、サラの持つ内面の美しさを表現することはできない。

もしかしてその内面から滲《にじ》み出るものを感じ取って、さっそく正体がバレてしまっているのだろうか。

（それじゃあぎゃふんと言わせられないわ！　ああでも、殿下が本物のサラ様にちゃんと求婚したら、婚約破棄《こんやくはき》っていう一つの目的は達成できるのかしら）

サラにその気がないとしても、他の女に求婚した婚約者だ。破棄は簡単だろう。ただ、フェリシアが仕返しできないだけで。

（それにたぶん、殺される可能性ももう少ないだろうし）

これは完全に成り行きだが、サラには好かれている自覚がある。

それに、彼女の為人《ひととなり》も知った。あの素直《すなお》で純粋な子が、やってもいないいじめをでっち上げるとは思えない。周りがそう言ったって、きっと真実を伝えてくれる優《やさ》しい子だ。

なら、フェリシアが目指した最初の目標は、このまま何もしなくても達成できそうである。

（なのにどうしてかしら。全然、嬉しくないわ……）

どうしてもなにも、本当は気づいているくせに、と内心で毒づく。

気づいているけれど、認めるには性格が捻《ひね》くれすぎてしまった。あと、ウィリアムへの怒《いか》りもある。

はぁ、と溜息《ためいき》をつこうとしたとき。

「青い蝶《ちょう》の仮面が素敵《すてき》なお嬢《じょう》さん、俺と一曲どうですか」

また男性に声をかけられる。彼もフェリシアを聖女と勘違いした男だろうか。と、思ったが。

「あなたは……」

「おお！　もしかして本物の聖女様でしたか。これはラッキーだな。ついてるね、俺」

わざとらしく声を上げたその男は、あの毒殺未遂《みすい》事件でフェリシアの毒味《どくみ》を怠《おこた》った毒味役だ。

「なるほどね。いい働きだわ、ミスター・ゲイル・グラディス」

「でしょう？　俺はもともと作戦を知ってますからね。こういう協力もありかな、と」

「ええ、ちょうど暇《ひま》を持て余していたし、喜んでお相手になるわ」

「そうこなくっちゃ！」

二人は手を取り合って、ダンスホールに向かった。

サラ曰《いわ》く、フレデリクとの特訓もあり、今の彼女はダンスが得意なのだそうだ。もともと運動をするのは好きらしい。だからこういうとき、誘われればちゃんと応《こた》えているのだとか。

サラに扮したフェリシアも、なので思いきりダンスを踊る。

「それで、今の効果はあったのかしら？」

「あったと思いますよ。だって殿下、めちゃくちゃこっちを見てますからね」

「本当？」

「ええ。次、ターンが入りますから、そのあと俺の右側から覗《のぞ》いてみてください」

「わかったわ」

言われたとおりターンがきて、不自然にならない程度で顔を覗かせた。

すると、本当にウィリアムがこちらを見ていた。視線が絡《から》まって、慌《あわ》ててゲイルの陰《かげ》に身を隠《かく》す。

「どうでした？」

「そうね、見ていたわ。でも両手に花は相変わらずだったけど」

「あれ、なんか怒《おこ》ってます？」

「まさか。だって怒ることがないもの」

「ふうん……。あ、今殿下、美女っぽい人に声かけられて……」

聞いた瞬間《しゅんかん》、思わずぱっと振《ふ》り返ってしまった。

「ぶふっ」

頭上に落ちたのは、聞き捨てならない笑声《しょうせい》だ。

「今のはどういう笑いかしら、ミスター・グラディス」

「いや、すんません。なんか思ってたのと違《ちが》うなあって。あ、もちろん良い意味でですよ？」

「そう。奇遇《きぐう》ね。わたくしも思っていたのと違って驚《おどろ》いているわ。あなた、そんな軽い感じの人だった？」

「そりゃあ仕事中はかしこまりもしますよ。俺はしがない貧乏《びんぼう》貴族の三男ですからね。仕事がなくなれば、生きるのも難しい」

「だからあんな毒味役も引き受けていたの？」

「あー、それはちょっとした興味もあって」

「……興味？」

「毒とか昔から興味あったんすよね。何度か中《あ》たったこともあるんですけど、あの感覚はたまりませんね。生きてるって感じがして」

途端《とたん》、仮面の奥の緑の瞳《ひとみ》が、期待に満ちた輝《かがや》きを放つ。言わずもがな、毒に反応したのだ。

「あなた、毒に興味があるの？」

「あ、すんません。女性にする話じゃなかったですよね」

「いいえ、いいえ！　素晴《すば》らしいわ！　わたくしも毒や薬には大いに好奇《こうき》心《しん》をくすぐられるタチよ。ちなみに今まで食《く》らった毒の中で一等素晴らしかったのは、あの毒殺未遂事件の毒ね」

「マジっすか⁉　ちょっとちょっと、そんなこと聞いてないっすよ、おう……聖女さん」

「当たり前よ。そんなこと公言して歩く女がどこにいるの」

「それもそうっすね」

いつのまにか毒談義に花を咲《さ》かせ始めた二人は、周りもびっくりするくらいの意気投合ぶりを発揮した。二人ともなかなか人には理解してもらえない趣味《しゅみ》を持っているため、理解者というのは貴重なのだ。

「やだ、ミスター・グラディス。あなたがこんなに話のわかる人だとは思わなかったわ」

「それは俺もですよ。まさか聖女さんがこんなに面白《おもしろ》い人だとは。あなたがアレを食らって生きていてくれたことは、神に感謝しなくちゃなぁ」

「？　変なこと言うのね」

「いえいえ。でもま、俺、決めました」

何を？　という声は、音になる前に飲み下される。急に近づいてきた男の顔に、フェリシアはびっくりして仰《の》け反った。

しかし容赦《ようしゃ》なく、ゲイルが耳元で囁《ささや》いた。

「俺、王女殿下《でんか》につきますから」

「……はい？」

怪訝《けげん》そうに見上げてくるフェリシアに微笑《ほほえ》むと、ゲイルは曲の終わりとともに離《はな》れていく。

その後ろ姿を不思議そうに見送って、そろそろ休憩《きゅうけい》でもして気分を落ち着かせようかと思ったところで、フェリシアは意外な人物からダンスに誘《さそ》われた。

「失礼、レディ。お暇《ひま》なら、俺と踊《おど》っていただけますか？」

（フレデリク・アーデン!?）

ぎょっとしたフェリシアは、考えるよりも先に首を横に振っていた。それはもう、千切れそうな勢いで。

「あの、わたくし、違うんです。こんな格好ですけど、サラ様では……」

まさか勘違《かんちが》いされて踊ってしまえば、なんとなくサラに顔向けできない。

そう思ったから全力で拒絶《きょぜつ》を示したのだが。

「大丈夫《だいじょうぶ》、あなたがサラ様でないことは、ちゃんとわかっているつもりです」

「……え？」

彼が苦笑《くしょう》する。それを見て、フェリシアはぽかんと口を開けた。

その間に手を取られ、あっという間にホールドされる。

「ダンスも、サラ様には許可をいただいてます」

「あ、そうなの」

なんとも間抜《まぬ》けな返事である。でもそれ以外に言えることがなかった。

きっとフェリシアの正体も、そのときにサラから聞いたのだろう。

「ですので、どうかそのまま聞いてくださいませんか。馬鹿《ばか》な男の、哀《あわ》れなひとり言を」

フェリシアは迷ったが、どうせもうダンスは始まっている。逃《に》げられないのなら、聞いてもいいかと思った。

「わかりましたわ。どうぞ、お話しくださいませ」

「ああ。まずは、あなたに謝罪を。俺はサラ様を思うあまり、勝手にあなたを二人の邪魔者《じゃまもの》だと決めつけていました。それだけじゃない。あなたが毒に冒《おか》されてなお、サラ様や殿下の安全を優先してくれたのに、俺はあなたを疑いもした。本当に申し訳なかったと思っています」

フェリシアは相槌《あいづち》を打つでもなく、黙《だま》ってフレデリクの話を聞く。

何を言っても意味はないと感じたからだ。きっと彼は、何も言っても、己《おのれ》を責め続けるのだろう。

「あなたが俺の思っていたような人間でないと知ったとき、俺は自分の未熟さを思い知りました。ウィリアム殿下には、おかげでこてんぱんにしごかれましたよ」

「まあ、ウィリアム殿下に？」

つい口を挟《はさ》んでしまう。

「はい。おまえはもっと頭を柔《やわ》らかくしようねと言われました。あのときのことは、正直ちょっと思い出したくないですね」

国一の強者《つわもの》をもってしてそう言わしめるということは、よほど恐《おそ》ろしい目に遭《あ》わせられたのだろう。それもたぶん、精神的に。ウィリアムがやるなら絶対に身体的ではなく、精神的にくるものだと確信できる。

「それは……お気の毒様ですわ」

「いや、申し訳ない。話がそれました。だからこそ、あなたには感謝も伝えたい。自分がまだまだ未熟であることを、あなたが教えてくれた」

「それは買い被《かぶ》りすぎですわ。というより、偶然《ぐうぜん》の産物ではなくて？」

「そうかもしれません。でもそうだとしても、感謝しているんです。それに……」

ぼんやりと目元を赤く染めたフレデリクに、珍《めずら》しいものでも見たと、フェリシアは目をまん丸と開けた。聖女の後ろに立つ彼は、いつも真顔だったから。

「それに、自分がどうしてサラ様にあんなに過保護だったのか、ようやくその理由がわかったんです」

「え？　……まさか」

そこでさらに頰《ほほ》を色づかせたフレデリクを見て、フェリシアは確信した。震《ふる》える声で言う。

「まさかあなた、サラ様のこと……！」

「っここで言わないでください！」

（嘘《うそ》でしょう⁉　ほんとのほんとに⁉）

驚きすぎて、危《あや》うくステップを間違《まちが》えるところだった。

なんてもどかしい二人なのか。サラの気持ちを知っている分、余計にそう思ってしまう。まさか、彼もサラを想《おも》っていたなんて。というより。

（ようやくわかったって、気づくの遅《おそ》すぎじゃない⁉）

これは酷《ひど》すぎる朴念仁《ぼくねんじん》だ。自分の想いにすら鈍《にぶ》いのなら、サラの想いなんて彼はまだ気づいてもいないのだろう。

「……とりあえず、あなたにはサラ様と話し合うことをおすすめしますわ」

ついげんなりとした声が出る。この疲弊《ひへい》感はなんなのか。

でも、それでも、このもどかしいカップルは嫌《きら》いじゃないから。

「はい、もちろんです。ですがそれは、あなたにも当てはまることですよ」

「わたくしにも？」

「ええ。殿下との話し合いを強く勧《すす》めます。なぜならあの方は、あなたが思うよりも厄介《やっかい》な人だからです。何をしでかすか予測もつきません。使用人の嫌《いや》がらせの件がいい例です。あなたは気づかれましたか？　あの件、ウィリアム殿下は最初、わざと使用人に罰《ばつ》より重い罰を与《あた》えようとしました。けどあれは、それを聞いたあなたが使用人を助けようと動くことをわかった上で、彼らがあなたに恩を感じるように仕向けたんです」

フェリシアは啞然《あぜん》とした。全然気づいていなかった。

「そうしてあなたを受け入れさせる。そのためなら、あの方は自分の評判すら気にしない。そしてそれは、貴族が相手でも同じこと」

「貴族？　どういうことですの」

「あとでわかります。逆に言えば、あの方をそんなふうにさせられる人間になってしまったら、もう逃げられない」

「……つまり、何が仰《おつしや》りたいの？」

「失礼ながら、俺ではあなたを見つけられなかった。サラ様でないことはわかっても、あなたが誰《だれ》かまではわからなかった。俺にこうして謝罪の場を設けてくれたのは――ウィリアム殿下だということです、フェリシア王女」

ダンスが終わる。フレデリクの手が離された。

待って、どういうことなの、ともう一度訊《き》こうと追いかけた手は、しかし別の手によって阻《はば》まれる。

まるで儚《はかな》く壊《こわ》れやすいものにでも触《ふ》れるように、その手は優《やさ》しくフェリシアを引き寄せた。

「さて、浮気《うわき》はこれでおしまいだよ、フェリシア」

甘い微笑み。見慣れた紫眼《しがん》。

待ち望んでなんかいないはずなのに、その手がウィリアムのものとわかるや否《いな》や、勝手に心臓が暴れだす。

「う、浮気!?　浮気なんて……っ」

「あれ、しらばっくれる？　じゃあ浮気相手の名前を一人一人挙げてあげようか？　最初はカイル・モニタス。次にディートリヒ・ヒューゼン。ゲイル・グラディスに、フレデリク・アーデン」

「フレデリク様も入れるの!?　――あ」

「認めるんだね？」

（認めるも何も、最後の二人以外は勘違い男だし、二人に関してはそんな気配微塵《みじん》もないわよ！）

だいたい浮気はそっちではないか、とフェリシアは言いたかった。どこぞの見知らぬ令嬢《れいじょう》に口説かれて、にこにこ笑っていたのは彼のほうだ。

「わたくし、浮気なんてしてませんっ」

まるで子どもが拗《す》ねたように唇《くちびる》を尖《とが》らせる。彼に疑われたことが、どうしてこんなに悲しいのか。

「ああ、ごめんねフェリシア。君が楽しそうに他《ほか》の男と踊っているから、つい意地悪を言いたくなったんだ」

「え？」

「だからそんな泣きそうな顔をしないで。さすがの私も、君の本気の涙《なみだ》は見たくない」

「ちが、違《ちが》いますわ。そうじゃなくて、今、名前っ」

「うん？　フェリシアでしょう？」

「なんで一瞬《いっしゅん》でバレてますの！」

「ええ？　今さら？　フレデリクに聞いたんじゃないのかい」

そうだ、フレデリク。彼は確かに言っていた。フェリシアの正体を、ウィリアムから教えてもらったのだと。

それを追求しようとしたのに、彼はさっさと去ってしまった。

「そんな、どうして。だって髪色《かみいろ》が……っ」

「それだけで私を騙《だま》せると思ったの？」

「あ、あと、聖女の腕輪《うでわ》だって」

「うん、頑張《がんば》って考えたんだね？」

くす、と生暖かい目で笑われた。馬鹿にされた気がしてならない。

「かわいいフェリシア。いい加減気づくといい。君の企《たくら》みが無駄《むだ》なことも、私が君を逃がすつもりがないことも。それとも、君はまだ気づかないふりをするの？　私はそれなりにわかりやすく接してきたつもりだけど」

「なに、言って」

「君が愛されることに臆病《おくびょう》になっていることは知っているよ。愛することにもね。だからこそ、私はゆっくり君に近づいただろう？　ゆっくり、君に甘え方を教えようと思ったんだ」

まさかそれが裏目に出て、婚約破棄《こんやくはき》なんて言われるとは思わなかったけど。とウィリアムは続けた。

「私の愛《いと》しいフェリシア。私が君を間違えることはない。私を試《ため》しても無駄だよ。間違えてなんかあげないし、君を他の男に渡《わた》す気もない。私がどれだけ君を求めていたのか、君は知らないだろう？　だから簡単に私から逃《に》げようとする」

「ま、待ってください、殿下《でんか》。ちょっとその、突然《とつぜん》の展開に心が追いつかないんですがっ」

なんでいきなりこんな展開になっているのだろう。心臓は今にも破裂《はれつ》しそうだ。

「これくらいで参ってもらっては困るよ。どうやら私は、飴《あめ》と鞭《むち》の使い方を間違えたようだからね。君には飴だけを与えないと逃げられるということを学んだんだ」

「そんな甘すぎる飴なんていりませんわ！　それに殿下は、サラ様のことが……」

「まだ言うの？　本当はわかっているくせにね。あんまりしつこいと、私も相応の仕返しを考えることになるけど？」

――ひっ。喉《のど》の奥が引きつった。

腹黒殿下の仕返しなんて、考えただけでも恐《おそ》ろしい。フェリシアは必死に首を振《ふ》った。

「なら、私に言うことは一つだけだね、フェリシア？」

「～～っ」

楽しげに揺《ゆ》れる瞳《ひとみ》。ぎゅっと強く握《にぎ》られた手。

もう逃げるな、と言外に言われている。もう認めろ、と。

そうだ、本当はわかっていた。自分が、もう後戻《あともど》りできないほど彼に想いを寄せてしまっていることは。でも生まれ持ってさらには育てられてしまった捻《ひね》くれものの性格が、なかなか素《す》直《なお》にならなくて。

ウィリアムがここまで態度で示してくれないと、きっと言う気にもなれなかった。彼がそれすらもお見通しでお膳立《ぜんだ》てしてくれたことは、ありがたいような、腹立たしいような。

結局最初から最後まで、彼の手の上で踊《おど》らされていただけのような気がしてしまう。

「殿下は、やっぱり意地悪な方ですわ」

「ふふ。そうだね」

それは、初めて彼とダンスを踊ったときも、フェリシアが漏《も》らした言葉。

「意地悪で、腹黒で、とっても鬼畜《きちく》な方ですわ」

「うん、合ってるよ。随分《ずいぶん》と私を知ってくれたね」

「今度はカモミールティーなんて優しいものじゃなく、殿下のその性格に見合ったハーブティーを探しておきます」

「それは楽しみだ。エマとの時間は、私の唯一《ゆいいつ》心安らぐ時間だったから」

「……やっぱり知ってましたのね」

「言ったでしょう？　私は君を間違《まちが》えない」

ここで胸がきゅんとするのは、相当毒されてしまったからだろうか。

確かに怒《おこ》っていたはずなのに、今はもうどうでもよくなっている。

「そう、みたいですね。本当に、面倒《めんどう》な人です」

面倒で、厄介《やっかい》で、恐ろしい人だ。でも。

「でも、わたくしの趣味《しゅみ》をバカにしませんでした。きっと退屈《たいくつ》でしたでしょうに、わたくしの話にも耳を傾《かたむ》けてくれました」

「退屈なんかじゃなかったよ。君の話す全《すべ》てが、私にとってはひと言も聞き逃《のが》せない大切なことだ。だって君が、君だけが、この世界の素晴《すば》らしさを教えてくれた。君だけが、私を人間にしてくれる。ねぇ、フェリシア。そろそろ教えてくれるかい？　君は、こんな男の執着《しゅうちゃく》を受け入れる覚悟《かくご》はある？」

フェリシアはひたとウィリアムを見つめた。弱々しい微笑《ほほえ》みだ。それは、いつも彼が見せる笑顔《えがお》とは、種類が違うような気がする。

なんとなくだけど、少しずつ彼の笑みの違いがわかるようになってきた。

それを嬉《うれ》しいと思うなら、答えは最初から決まっていたのだ。

「ええ、殿下。どんな執着だろうと受けて立ちますわ。そのかわり、わたくしがどんなに捻くれていても、殿下も受け止める覚悟はおありで？」

いつまでも臆病ではいられない。ここまでお膳立てされたのなら、悩《なや》むほうが阿呆《あほ》らしい。

「もちろんだよ。それも含《ふく》めて、私は君を愛してるんだから」

「わたくしも……いいえ、もう取り繕《つくろ》っても意味はないのですものね。〝私〟も、どんなに殿下が腹黒だろうと、それを含めて愛してしまったみたいですわ」

観念した瞬間《しゅんかん》、フェリシアの身体《からだ》が宙に浮《う》いた。驚《おどろ》く暇《ひま》もなくそのまま横抱《よこだ》きにされる。

曲はまだ終わっていない。なのに強引《ごういん》にダンスホールを抜《ぬ》け、ウィリアムは王族しか立つことのできない雛壇《ひなだん》にのぼる。

そこでやっと下ろされて、ほっとしたのも束《つか》の間。

「フェリシア・エマーレンス王女」

広間に響《ひび》き渡るほど澄《す》んだ声で名前を呼ばれた。

周りを見なくても、みんなの視線を一身に浴びていることを自覚する。曲もいつの間にか止まっていた。

なのに彼は恥《は》ずかしがることもなく、すっと一輪の赤薔薇《あかばら》を差し出してきた。

「私の愛は変わりません。一生あなただけを愛すると誓《ちか》いましょう。神でも、他の誰《だれ》でもない、あなたにこの愛を誓います。――私と結婚《けっこん》してください」

それは、聖イレーネ祭の〝求婚《プロポーズ》〟。男性が仮面をつけた女性を唯一自分のものにできる方法。

「あなたは神にだって渡さない。だから早く、私のものになって？」

周囲がどよめいている。王太子が求婚したからだろう。もし間違えていたらどうするんだと、誰もが固唾《かたず》を呑《の》んでいた。

しかしフェリシアは、そんな周りの思惑《おもわく》など聞こえていない。耳が拾うのは、彼の求婚の言葉だけだ。

「はい、喜んで！」

薔薇を受け取る。嬉しすぎて手が震《ふる》える。

大事にそれを握りしめていたら、ウィリアムが両手を広げた。まるで「おいで」と言われているようで、フェリシアは考えるより早くその胸に飛び込んだ。ああ、なんて幸せなんだろう。彼の胸に頬《ほほ》をすり寄せる。

「さてフェリシア、初めて君が甘えてくれて私は今最高に幸せなんだけれど、もう一つ仕事をしないとね」

「仕事？」

はて、それはいったいなんなのか。ウィリアムが、見慣れた黒い笑みを浮かべた。嫌《いや》な予感に固まった隙《すき》に、さっと仮面とカツラを剝《は》ぎ取られる。

「さて、ここでみんなに紹介《しょうかい》しよう。彼女こそがグランカルストの第二王女であり、私の婚約《こんやく》者であるフェリシア王女だ。今までは事情があってヴェールをしていたが、グランカルスト王からの許しを得てね、これからはヴェールなしで過ごせることになったそうだよ」

「ちょっと、殿下!?」

小声で抗議《こうぎ》するも、ウィリアムは止まらない。

むしろ同じく小声で返ってきたのは「これでもう平民になるなんて馬鹿《ばか》なことは考えられないね」という、さすが腹黒やること容赦《ようしゃ》ないですね、と言いたくなる言葉だった。

「それと、今日という素晴らしい日に彼女を披露《ひろう》したのには、二つほど理由があってね。一つは――どうやら私が言わなくても、みんなすでにわかってくれているみたいだね」

ウィリアムが広間を見渡《みわた》すと、参加者全員がフェリシアに釘付《くぎづ》けになっていた。美醜《びしゅう》にうるさい貴族たちが思わず惚《ほう》けてしまうほど、フェリシアの容貌《ようぼう》は美しい。気づいていないのは、おそらく隣《となり》で首を傾《かし》げている本人だけだろう。

でもウィリアムは、何も彼女の美しさを自慢《じまん》するために仮面を剝ぎ取ったわけじゃない。

「みんなもわかってくれているように、彼女はとても美しい。だからこそ私は心配だ。まさか、王太子の婚約者に手を出そうなんて考える、愚《おろ》かな輩《やから》が出ないかとね？」

言外に、手ぇ出すなよおまえら、と脅《おど》しているのだが、王太子に逆らう者はいなかった。

「ありがとう。賢《かしこ》い臣下に囲まれて、私は幸せ者だ」

対してフェリシアは隣でドン引き中だ。彼女としては、自分はここまで牽制《けんせい》してもらえるほど美しくはないと思っている。

「そして二つ目の理由だけど、これが彼女を披露した最たる理由だ。この中に、彼女の顔に見覚えがある者はいないかい？」

ウィリアムの問いかけに会場がざわつく。フェリシアも困惑《こんわく》を露《あら》わにした。そんな人がいるとは思えないが、しかし予想外のことに、会場を警備していた騎士《きし》が手を挙げた。

「いいよ、発言を許す。君はどこで彼女を見た？」

「はい。王都に魔物《まもの》が出現したときです。そのとき、果敢《かかん》にも魔物に立ち向かっていたのが、そちらにおられる女性でした」

彼は不自然なくらい淀《よど》みなく答えた。すると、この発言をきっかけに、ちらほら他《ほか》で手が挙がる。

「自分も同じです。それとそちらの女性――王女殿下《でんか》が持っていた薬を王太子殿下が飲ませると、魔物が正気に戻《もど》ったのです！」

なんだって？　とあちこちから動揺《どうよう》の輪が広がった。

フェリシアは戸惑《とまど》いながらウィリアムを見上げるが、彼はにんまりと口元に曲線を描《えが》いている。どうやらこれも、彼が何か企《たくら》んだ一つなのだろう。満足そうに頷《うなず》いていた。

「そうだね。私もその歴史的瞬間を、しっかりとこの目で見ているよ。それはここにいる聖女殿《どの》も同じだ」

ウィリアムが視線を移すと、そこにはフェリシアに扮《ふん》したサラがいた。彼女も慌《あわ》てて仮面とカツラを外すと。

「は、はい！　ウィリアム殿下の仰《おっしゃ》るとおりです。瘴気《しょうき》を浄化《じょうか》できるのは聖女のみとされてきましたが、とある女性が持っていた薬を飲ませたら、聖女でも浄化できない魔物の瘴気が浄化されたんです！　……あのときの女性は、フェリシアさんだったんですね」

　会場の混乱が最高潮に達する。

　話題にされているフェリシア本人も、彼らと同じく驚きに目を瞠《みは》っていた。なぜならフェリシアも、自分が魔物の瘴気を浄化していたなんて初めて知ったからだ。

「ということだ、お集まりの貴族諸君。つまりこれがどういうことか、理解してくれるね？　聖女でないのに瘴気を浄化する可能性を持つフェリシアは、聖女と同等――いや、彼女の身分を考えればそれ以上の価値が出てきた。さて、ここで一緒《いっしょ》に考えてほしいのは、どうして財務大臣が急遽退任したのかということだが……賢い諸君は、私が言わなくてもわかるね？」

脅し再びである。にっこりと作られた微笑みには、意見を許さない力がある。実際、何人かの貴族は顔を青くさせていた。

　しかしフェリシアだけは、くすぐったさを覚えずにはいられなかった。いったい何を企んでいるのかと思えば、まさか自分を守るためだったなんて。これではもう自惚《うぬぼ》れるしかないではないか。

「ふふ。私、本当に殿下に愛されてますのね」

「そうだよ。私は結構そのために奔走《ほんそう》していたのに、君は婚約破棄《こんやくはき》なんか言い出す始末だ。そりゃあ私も怒《おこ》るよね」

「そ、そうですわね」

言い訳のしようもない。

「でも、君を選んだのは好きになったからだけど、まさかあんな嬉しい誤算があるとは思わなかった。君のおかげでこの国は変わる。いや、変えてみせる。この国は、きっともっと平和になるよ」

「私はそのお手伝いができますの？」

「ぜひともお願いしたいんだけど、ダメかい？」

「いいえ、もちろんやりますわ！」

こうして乙女《おとめ》ゲームの悪役は、現実の世界でハッピーエンドを迎《むか》えた。なんてことはない、ありきたりな表現だ。

現実はゲームとは違《ちが》う。誰もがヒロインで、誰もが幸せになれる権利を持つ。

彼女がシャンゼルの王太子に溺愛《できあい》されているという噂《うわさ》は、瞬《またた》く間にグランカルストへと流れていった。それを聞いたグランカルスト王が、やれやれと笑《え》みを零《こぼ》したのは秘密である。

そして、ゲームの中のフェリシアが、そもそも毒にも薬草にも興味がなかったことは、今のフェリシアには要《い》らぬ秘密《はなし》だろう——。

エピローグ

聖イレーネ祭が終わり、すっかり噂の的となってしまったフェリシア。

彼女を取り巻く噂のほとんどが、なぜか王女の熱烈《ねつれつ》な告白だった。

「『殿下は誰《だれ》にも渡《わた》しません。聖女様にだって渡さないんですから』だってさ。本当にそんなこと言ったんすか、王女さん？」

「言ってないわよ！　なんであなたまでそんなこと知ってるの、ミスター・グラディス！」

「いやあ、そこら中で噂されてますからね」

「いいじゃないかフェリシア。むしろ実際に言ってくれてもいいんだよ？」

「言いません、そんな恥《は》ずかしいこと！」

「私は言ったのに？　君のために、神にも喧嘩《けんか》を売ったよ」

「そ、それは殿下が勝手に……」

「嬉《うれ》しくなかった？　それなら仕方ない。君ならきっと神にも愛されるだろうし、やはり神に喧嘩は売るものではないよね。君が望むなら、あれは撤回《てっかい》しようか」

「うっ」

「私はそんなことしたくないけれど、愛《いと》しい君が望むなら仕方ないよね。どう思う、フェリシア？」

これは完全に負け戦《いくさ》だ。悟《さと》ったフェリシアは、早々に白旗を揚《あ》げた。

「……撤回はしないでくださいませ」

「うん？」

ウィリアムがじっと見つめてくる。どうやらはっきり言うまで許してくれないらしい。

「で、ですから、私はウィリアム殿下のものですもの。神様のものには、な、なりたくありませんわ」

「うん、よくできました。よかった、今日は早めに素直《すなお》になってくれたね。じゃなかったらどんなお仕置きをしようかと考えていたんだ」

びくり。身を震《ふる》わせる。彼の言うお仕置きが楽だった例《ため》しはない。

「それより、ゲイル・グラディス。なぜ君がここにいるんだい？」

ウィリアムは、フェリシアに向けるものとは雲泥《うんでい》の差がある氷の瞳《ひとみ》で、フェリシアの部屋にどうやってか侵入《しんにゅう》してきたゲイルを射貫《いぬ》いた。

いつもの笑みを浮《う》かべながら、彼はもちろん怒《いか》りを示している。

「いやあ、王女さんがなかなか面白《おもしろ》い人だったんで。それに共通の趣味《しゅみ》を持つ相手なんてほとんどいないんですよ。ちょっとくらい大目に見てくださいよ、殿下」

「見ない。ライラ、彼を王宮の玄関《げんかん》までお見送りして差し上げろ」

「御意《ぎょい》」

「ちょ！　待って待って、ほんとに待って！　王女さん！」

助けて！　と懇願《こんがん》されるが、フェリシアはそんなゲイルを半目で睨《にら》んでいた。

「聞きましたわよ、ミスター・グラディス。あなたがわたくしに毒を盛ったんですってね？」

「そうだけど違うから！　毒を盛るよう依頼《いらい》されて、俺はそれをこなしただけっていう……。それに、実際に毒を仕込んだのはメイドですし」

「あなたが腹痛を起こす程度だって嘘《うそ》を言ったからでしょ！」

「いやあ、あんなに簡単に信じてくれるとは思いませんでしたけどね～。教育がなってないんじゃないですか？」

「あなたに言われたくないわよ、この暗殺者！」

「はは。まあ許してくださいよ。それが俺の仕事でしたし」

「ならなんで平然と対象者の前にいるのかしら!?」

「まーまー。そんなに警戒《けいかい》しなくても大丈夫《だいじょうぶ》ですって。依頼主ならすでに殿下が捕《つか》まえましたし、俺はもう二度と王女さんの暗殺は引き受けませんので」

「そういう問題ではないのだけど!?」

どこにこれほど大っぴらな暗殺者がいるというのか。しかもなぜ普通《ふつう》に会話に交ざっている。

「細かいことは気にしないのが一番ですって。あ、もちろん殿下《でんか》の暗殺も引き受けないので、それならいいっすか？」

「ライラ、この図々《ずうずう》しい男を地獄《じごく》の門まで送って差し上げて」

「御意」

「殿下より酷《ひで》ぇ！」

ゲイルが泣き真似《まね》を披露《ひろう》するが、フェリシアの冷ややかな視線が突《つ》き刺《さ》さるばかりだ。

しかもこの男、実はゲイル・グラディスというのは偽名《ぎめい》である。しかしそれを知っているのは、おそらくウィリアムだけだろう。

この風変わりな暗殺者は、本当にフェリシアのことを気に入ってしまったようで。

昨夜、ウィリアムの寝室《しんしつ》に難なく侵入してきたこの男は、フェリシアとウィリアムの命を狙《ねら》わない、そして裏の情報をウィリアムに提供するという条件で、秘密裏《ひみつり》に動くウィリアムの部下となった。これは本人が提示してきた条件である。

この男が裏の世界ではそれなりに有名な男だと突き止めていたウィリアムは、これを野に放ってまたフェリシアを狙われるよりかは安全と考え、男の条件を呑《の》んだ。

確かに呑んだのだが。

「フェリシアに近づいていいとは言ってないはずだよ、ゲイル」

「げ。本気で怒《おこ》ってんじゃん。うわあ、触《さわ》らぬ殿下に祟《たた》りなし。よし、今日は退散します！」

「二度と来なくてよろしいわ」

「ははっ。じゃあ今度はお土産《みやげ》にキョウチクトウ持ってくるから、それで許してくださいねー！」

言いながら、ゲイルは窓から外へと逃《に》げていく。いつかのフェリシアのように大木を伝って。

だからまあ、落ちても死ぬことはないだろう。フェリシアがそんな心配をしたのは、ひとえに彼の最後の言葉にときめいたからである。

「キョウチクトウ……」

それは、長楕円《ちょうだえん》形の葉と、大振《おおぶ》りのピンクの花が印象的な、もちろん毒性を持った植物だ。

ただ素人《しろうと》でなければ、その強心作用や利尿《りにょう》作用を利用して薬用とすることもできる。大陸の東側にしか分布しない植物の一つである。

そんな魅惑《みわく》的な毒草にうっとりとしていたら。

「フェリシア？　まさか君、ゲイルの言葉にときめいてなんかいないだろうね？」

ぎくり。もうヴェールをしていないために、大変わかりやすいフェリシアの表情である。

「そう、それは残念だよ。君にはまだまだ教え込まないとダメみたいだね。君がいったい、誰に愛されているのかを」

「や、待って。待ってください殿下！　ときめいたのは、決して彼にではなく、キョウチクトウのほうで……っ」

「それはそれで問題かな。大丈夫、わかってくれるまでたっぷりと可愛《かわい》がってあげるから」

——それが嫌《いや》なんです！

とは、口に出して言えないフェリシアである。

あの舞踏《ぶとう》会のあと、いったいどれだけフェリシアが恥ずかしい目にあったことか。

決して恋愛《れんあい》初心者であるフェリシアにすることじゃないことも嬉々《きき》としてやった王子様は、絶対腹黒の鬼畜《きちく》の人でなしだ。

そこから学んだ教訓は。

二度と彼を嫉妬《しっと》させるものかと。

笑顔《えがお》の下に隠《かく》れていたそれは、二人きりのときに暴走してくれた。大変嬉しくないことに。

そしてそれを知っているのかいないのか。ライラは一礼すると、助けを求めるフェリシアを完全に無視して、彼女の部屋の扉《とびら》を無情にも閉めた。

（ご愁傷様《しゅうしょうさま》です、王女殿下）

あとがき

本作をお手にとってくださったみな様、ありがとうございます！　蓮水涼《はすみりょう》と申します。

初めましての方も、もしかすると何かの奇跡《きせき》が起きて「あれ、ｗｅｂで見たことあるかも？」と思ってくださった方も、いかがでしたか？　楽しんでいただけましたか？

本作はもともとｗｅｂ小説として小説投稿サイト「カクヨム」にて公開したことが始まりです。それを大幅改稿《おおはばかいこう》し、今の形となりました。作者も驚《おどろ》きの変貌《へんぼう》ぶりです。

ですが、一番驚いているのは、公募《こうぼ》の息抜《いきぬ》きに書いたこの小説が一冊の本になったことです。

これも全《すべ》ては読者様のおかげです。本当に、本当にありがとうございます。

また、数あるｗｅｂ小説の中から本作を見つけてくださった担当様、素敵《すてき》すぎるイラストでキャラを描《えが》ききってくださった憧《あこが》れのまち先生、そして校正、印刷、営業等、本作の出版に携《たずさ》わってくださった全てのみな様にも、心からお礼を申し上げます。誰《だれ》かお一人でも欠けていたら、きっとこの小説は本にはならなかったでしょう。

それでは最後に……夢のあとがきを書けて幸せでした！

蓮水涼

BEANS BUNKO

「異世界から聖女が来るようなので、邪魔者は消えようと思います」の感想をお寄せください。
おたよりのあて先
〒102-8177　東京都千代田区富士見2-13-3
株式会社KADOKAWA　角川ビーンズ文庫編集部気付
「蓮水　涼」先生・「まち」先生
また、編集部へのご意見ご希望は、同じ住所で「ビーンズ文庫編集部」
までお寄せください。

異世界《いせかい》から聖女《せいじょ》が来《く》るようなので、邪魔者《じゃまもの》は消《き》えようと思《おも》います

蓮水《はすみ》　涼《りょう》

角川ビーンズ文庫　22238

令和2年7月1日　初版発行
令和3年5月15日　3版発行

発行者――――青柳昌行
発　行――――株式会社KADOKAWA
〒102-8177　東京都千代田区富士見2-13-3
電話 0570-002-301（ナビダイヤル）
印刷所――――株式会社暁印刷
製本所――――株式会社ビルディング・ブックセンター
装幀者――――micro fish

ISBN978-4-04-109703-8 C0193　定価はカバーに表示してあります。
◇◇◇